हिन्द पॉकेट बुक्स

हमारी राजभाषा हिंदी

हिंदी हमारी राजभाषा है और इसे संयुक्त राष्ट्र महासंघ की भाषा बनाने के प्रयास भी चल रहे हैं। देवनागरी लिपि में लिखी जाने वाली इस भाषा को आर्य भाषा के नाम से भी जाना जाता है। इसे राष्ट्रभाषा के रूप में सबसे पहले स्वामी दयानंद सरस्वती ने स्वीकार किया था। इस भाषा में देश को एकता के सूत्र में बाँधने की शक्ति है।

इस पुस्तक में हिंदी के विकास और व्याकरण की कहानी को सरल शब्दों में उकेरा गया है। सरल भाषा में आकर्षक चित्रों से सजी यह पुस्तक खासतौर से बच्चों और किशोरों के लिए तैयार की गई है, ताकि इसे पढ़कर बच्चे राजभाषा की महिमा जान सकें। इस पुस्तक में एक प्रश्नोत्तरी भी है, इसे हल कीजिए और अपने ज्ञान की परीक्षा आप स्वयं लीजिए।

लेखक की अन्य पुस्तकें

- हमारे राष्ट्रीय खेल
- हमारा राष्ट्रीय पुष्प कमल
- हमारा राष्ट्रीय पक्षी मोर
- हमारा राष्ट्रीय गीत
- हमारी राष्ट्रीय संस्कृति वैदिक
- हमारा राष्ट्रीय फल आम
- हमारा राष्ट्रीय चिह्न अशोक चक्र
- हमारा राष्ट्रीय वृक्ष बरगद
- हमारी राष्ट्रीय जलचर डॉल्फिन
- हमारी राष्ट्रीय नदी गंगा
- हमारा राष्ट्रीय ग्रंथ गीता
- हमारे राष्ट्रीय पर्व और दिवस
- हमारे राष्ट्रीय स्मारक
- हमारा राष्ट्रीय ध्वज तिरंगा
- हमारे राष्ट्रीय विरासत स्थल
- हमारा राष्ट्रीय पशु बाघ
- हमारे नेशनल पार्क
- लोकप्रिय बाल गीत
- हमारे देशभक्ति गीत
- हमारे राष्ट्रीय गीत
- शहीदों के अमर गीत
- महाभारत की कहानियाँ
- पुराणों की कहानियाँ
- रामायण की कहानियाँ
- बेताल पचीसी, दो भागों में
- महापुरुषों का बचपन
- महाराणा प्रताप
- बहादुर बेटी मलाला

सुरुचिपूर्ण एवं प्रेरणादायक सचित्र जानकारियाँ

हमारी राजभाषा हिंदी

तेजपाल सिंह धामा

हिन्द पॉकेट बुक्स

पेंगुइन रैंडम हाउस इम्प्रिंट

हिन्द पॉकेट बुक्स

यूएसए | कनाडा | यूके | आयरलैंड | ऑस्ट्रेलिया | सिंगापुर
न्यू ज़ीलैंड | भारत | दक्षिण अफ्रीका | चीन

हिन्द पॉकेट बुक्स, पेंगुइन रैंडम हाउस ग्रुप ऑफ़ कम्पनीज़ का हिस्सा है,
जिसका पता global.penguinrandomhouse.com पर मिलेगा

पेंगुइन रैंडम हाउस इंडिया प्रा. लि.,
चौथी मंजिल, कैपिटल टावर -1, एम जी रोड,
गुड़गांव 122 002, हरियाणा, भारत

पेंगुइन
रैंडम हाउस
इंडिया

प्रथम हिन्दी संस्करण हिन्द पॉकेट बुक्स द्वारा 2014 में प्रकाशित
यह हिन्दी संस्करण हिन्द पॉकेट बुक्स में पेंगुइन रैंडम हाउस द्वारा 2022 में प्रकाशित

10 9 8 7 6 5 4 3 2

इस पुस्तक में व्यक्त विचार लेखक के अपने हैं, जिनका यथासंभव तथ्यात्मक
सत्यापन किया गया है, और इस संबंध में प्रकाशक एवं सहयोगी
प्रकाशक किसी भी रूप में उत्तरदायी नहीं हैं।

ISBN 9789353491420

मुद्रकः रेप्रो इंडिया लिमिटेड

www.penguin.co.in

FSC www.fsc.org MIX Paper from responsible sources FSC® C047271

This is a legitimate digitally printed version of the book and therefore might not
have certain extra finishing on the cover.

क्रम

हिंदी – एक परिचय

बच्चो! हिंदी हमारे देश की राजभाषा है। सबसे पहले आर्य समाज के संस्थापक स्वामी दयानंद सरस्वती ने इसे आर्य भाषा और राष्ट्रभाषा के नाम से संबोधित करते हुए कहा था कि हिंदी ही वह भाषा है, जो देश को एकता के सूत्र में बांध सकती है। आपको जानकर यह आश्चर्य होगा कि शुरू में स्वामी दयानंद को हिंदी आती ही नहीं थी। वे तो संस्कृत के विद्वान थे और गुजराती उनकी मातृभाषा थी, लेकिन जब उन्होंने सारे देश में भ्रमण किया तो उन्हें अनुभव हुआ कि देश को एकता के सूत्र में बांधने के लिए एक राष्ट्रभाषा की सख्त जरूरत है और बस उन्होंने हिंदी को राष्ट्रभाषा के रूप में मान्यता देते हुए अपने सब व्याख्यान हिंदी में देने शुरू किए और अपने ग्रंथ भी हिंदी में ही लिखे। उनका सबसे प्रसिद्ध ग्रंथ सत्यार्थ प्रकाश हिंदी में ही है।

बच्चो, अब हम हिंदी की व्युत्पत्ति पर चर्चा करेंगे कि इस भाषा का विकास कैसे हुआ। दरअसल ऐसा माना जाता है कि संसार की समस्त भाषाएं संस्कृत से निकली हैं। लेकिन कई विद्वान इस धारणा में विश्वास नहीं रखते हैं। हिंदी शब्द की व्युत्पत्ति संस्कृत शब्द सिन्धु से मानी जाती है।

भारत की राजभाषा हिंदी दुनिया में दूसरी सबसे अधिक बोली जाने वाली भाषा है। बहुभाषी भारत के हिंदी भाषी राज्यों की आबादी 46

करोड़ से अधिक है। 2011 की जनगणना के मुताबिक भारत की 1.2 अरब आबादी में से 41.03 फीसदी की मातृभाषा हिंदी है। हिंदी को दूसरी भाषा के तौर पर इस्तेमाल करने वाले अन्य भारतीयों को मिला लिया जाए तो देश के लगभग 75 प्रतिशत लोग हिंदी बोल सकते हैं। भारत के इन 75 प्रतिशत हिंदी भाषियों सहित पूरी दुनिया में तकरीबन 80 करोड़ लोग ऐसे हैं जो इसे बोल या समझ सकते हैं।

भारत के अलावा इसे नेपाल, मॉरिशस, फिजी, सूरीनाम, यूगांडा, दक्षिण अफ्रीका, कैरिबियन देशों, ट्रिनिदाद एवं टोबेगो और कनाडा आदि में बोलने वालों की अच्छी खासी संख्या है। इसके आलावा इंग्लैंड, अमेरिका, मध्य एशिया में भी इसे बोलने और समझने वाले अच्छे खासे लोग हैं। हिंदी भारतीय गणराज्य की राजकीय और मध्य भारतीय-आर्य भाषा है। सन् 1998 के पूर्व, मातृभाषियों की संख्या की दृष्टि से विश्व में सर्वाधिक बोली जाने वाली भाषाओं के जो आँकड़े मिलते थे, उनमें हिंदी को तीसरा स्थान दिया जाता था।

सन् 1997 में भारत की जनगणना का भारतीय भाषाओं के विश्लेषण का ग्रन्थ प्रकाशित होने तथा संसार की भाषाओं की रिपोर्ट तैयार करने के लिए यूनेस्को द्वारा सन् 1998 में भेजी गई यूनेस्को प्रश्नावली के आधार पर उन्हें भारत सरकार के केन्द्रीय हिंदी संस्थान के तत्कालीन निदेशक प्रोफेसर महावीर सरन जैन द्वारा भेजी गई विस्तृत रिपोर्ट के बाद अब विश्व स्तर पर यह स्वीकृत है कि मातृभाषियों की संख्या की दृष्टि से संसार की भाषाओं में चीनी भाषा के बाद हिंदी का दूसरा स्थान है। चीनी भाषा के बोलने वालों की संख्या हिंदी भाषा से अधिक है, किन्तु चीनी भाषा का प्रयोग क्षेत्र हिंदी की अपेक्षा सीमित है।

अंग्रेज़ी भाषा का प्रयोग क्षेत्र हिंदी की अपेक्षा अधिक है, किन्तु मातृभाषियों की संख्या अंग्रेज़ी भाषियों से अधिक है। इसकी कुछ बोलियाँ,

मैथिली और राजस्थानी अलग भाषा होने का दावा करती हैं। हिंदी की प्रमुख बोलियों में अवधी, भोजपुरी, ब्रजभाषा, छत्तीसगढ़ी, गढ़वाली, हरियाणवी, कुमांऊनी, मगधी और मारवाड़ी भाषा शामिल हैं।

हिंदी शब्द का प्रयोग हरियाणा से लेकर बिहार तक प्रचलित बाँगरु, कौरवी, ब्रजभाषा, कनौजी, राजस्थानी, अवधी, भोजपुरी, मैथिली आदि कई भाषाओं के लिए किया जाता है, किंतु वर्तमान शताब्दी में व्यवहार की दृष्टि से इसका अर्थ खड़ी बोली हो गया है। हिंदी के रूप में यही खड़ी बोली भारतीय संविधान द्वारा स्वीकृत संपर्क भाषा है तथा हिंदी भाषी राज्यों में राजभाषा है।

भौगोलिक दृष्टि से विचार करने पर यह दिल्ली, हरियाणा तथा उत्तर प्रदेश के मुरादाबाद, बिजनौर, मेरठ आदि थोड़े से जिलों तक सीमित भाषा है, जो शताब्दियों तक ब्रजभाषा और अवधी की तुलना में उपेक्षितप्रायः रही है और ऐतिहासिक कारणों के प्रसाद से ही यह न केवल आधुनिक युग में भारत से बाहर के कई देशों में फैल गई है, वरन सुदूर अतीत से ही अंतर्राष्ट्रीय यात्रा करती रही है।

अंतर्राष्ट्रीय स्तर पर हिंदी के प्रचार के लिए हिंदी विश्वविद्यालय की स्थापना भी की गई है। महात्मा गाँधी अंतर्राष्ट्रीय हिंदी विश्वविद्यालय, महाराष्ट्र राज्य के वर्धा जिले में स्थित है। इस विश्वविद्यालय की स्थापना भारत सरकार ने संसद द्वारा पारित एक अधिनियम द्वारा की है। इस अधिनियम को भारत के राजपत्र में 8 जनवरी सन् 1997 को प्रकाशित किया गया।

यह अधिनियम शिक्षा और अनुसंधान के माध्यम से हिंदी भाषा और साहित्य का संवर्धन एवं विकास करने हेतु एक शैक्षणिक विश्वविद्यालय की स्थापना करता है, जिससे हिंदी बेहतर कार्यदक्षता प्राप्त कर प्रमुख अंतर्राष्ट्रीय भाषा बने। साथ ही विभिन्न ज्ञानानुशासनों में मौलिक सृजन

हिंदी भाषा के माध्यम से हो सके तथा विश्व की अन्य भाषाओं में विद्यमान ज्ञान संपदा का अनुवाद हिंदी भाषा में किया जा सके।

हिंदी भाषा का विकास

बच्चो! क्या आप जानते हैं कि हिंदी विश्व की लगभग 3,000 भाषाओं में से एक है, लेकिन संसार में आज यह बेहद लोकप्रियता प्राप्त कर चुकी है, यही कारण है कि कुछ लोग इसे संयुक्त राष्ट्र महासंघ की भाषा के रूप में मान्यता देन की वकालत करने लगे हैं। आकृति या रूप के आधार पर हिंदी वियोगात्मक या विशिष्ट भाषा है। भाषा-परिवार के आधार पर हिंदी भारोपीय परिवार की भाषा है।

भारत में 4 भाषा-परिवार की बात करें तो भारोपीय, द्रविड़, आस्ट्रिक व चीनी-तिब्बती मिलते हैं। भारत में बोलने वालों के प्रतिशत के आधार पर भारोपीय परिवार सबसे बड़ा भाषा परिवार है।

हिंदी भारोपीय/भारत यूरोपीय के भारतीय/ईरानी शाखा के भारतीय आर्य उपशाखा से विकसित एक भाषा है। हिंदी की आदि जननी संस्कृत है। संस्कृत पालि, प्राकृत भाषा से होती हुई अपभ्रंश तक पहुँचती है। फिर अपभ्रंश, अवहट्ट से गुजरती हुई प्राचीन यानी कि प्रारम्भिक हिंदी का रूप लेती है। विशुद्धतः, हिंदी भाषा के इतिहास का आरम्भ अपभ्रंश से माना जाता है। हिंदी का विकास क्रम संस्कृत-पालि-प्राकृत-अपभ्रंश-अवहट्ट-प्राचीन और प्रारम्भिक हिंदी के रूप में क्रमबद्ध ढंग से हुआ।

अपभ्रंश भाषा का विकास 500 ई. से लेकर 1000 ई. के मध्य हुआ और इसमें साहित्य का आरम्भ 8वीं सदी ई. (स्वयंभू कवि) से हुआ, जो 13वीं सदी तक जारी रहा। अपभ्रंश शब्द का यों तो शाब्दिक अर्थ है पतन, किन्तु अपभ्रंश साहित्य से अभीष्ट है : प्राकृत भाषा से विकसित भाषा विशेष का साहित्य।

अपभ्रंश से आधुनिक भारतीय आर्य भाषाओं के विकास की बात करें तो इसे इस प्रकार अंकित कर सकते हैं –

शूरसेनी	पश्चिमी हिंदी
राजस्थानी	
गुजराती	
अद्धमागधी	पूर्वी हिंदी
मगधी	बिहारी
उड़िया	
बांग्ला	
असमिया	
खस	पहाड़ी (शौरसेनी से प्रभावित)
ब्राचड़	पंजाबी (शौरसेनी से प्रभावित)
सिंधी	
महाराष्ट्री	मराठी

मध्यदेशीय भाषा परम्परा की विशिष्ट उत्तराधिकारिणी होने के कारण हिंदी का स्थान आधुनिक भारतीय आर्य भाषाओं में सर्वोपरि है।

हिंदी का आदिकाल हिंदी भाषा का शिशुकाल है। यह वह काल था, जब अपभ्रंश/अवहट्ट का प्रभाव हिंदी भाषा पर मौजूद था और हिंदी की बोलियों के निश्चित व स्पष्ट स्वरूप विकसित नहीं हुए थे।

बच्चों, यह तो तय है कि संस्कृत ही हिंदी की माता है और पर्यायवाची शब्द बनते-बनते एक नई भाषा का विकास हो जाया करता है। एक शब्द के अनेक पर्यायवाची शब्द हो सकते हैं, लेकिन पर्यायवाची शब्द उत्पत्ति शास्त्र के अनुसार सभी पर्यायवाची शब्दों का मूल एक ही होता है। एक ही शब्द से उत्पन्न हुए हैं सब।

पर्यायवाची शब्द उत्पत्ति शास्त्र के विद्वान जेकालियट का मानना है

कि आक्रमणकारियों के हमले से जैसे किले, बाड़े आदि टूट जाते हैं, उसी प्रकार संस्कृत गुरुकुल व्यवस्था टूट जाने से प्रादेशिक अपभ्रंशों से विविध भाषाएं और उपभाषाएं निर्मित हुईं। यहाँ एक सवाल उठता है कि कैसे निश्चित हो कि हिंदी या प्राकृत या पाली संस्कृत से ही उत्पन्न हुई और प्राकृत से ही क्षेत्रीय अपभ्रंशों का विकास हुआ? इस शंका के संदर्भ में हम संस्कृत का कर्म शब्द और पाली/प्राकृत का कम्म दोनों एक ही हैं, का विश्लेषण करते हैं।

दोनों शब्दों की ध्वनि भी सादृश्य है, परंतु हमें निर्धारित करना है कि कर्म का अपभ्रंश कम्म है या कम्म का अपभ्रंश कर्म है? धातु परीक्षण ही उत्पत्ति का पता लगाने का एकमात्र साधन है। कम्म व कर्म दोनों ही 'कृ' धातु से निकले हैं, जिनका अर्थ करना है। परंतु कर्म में 'कृ' अधिक विद्यमान है। कम्म में कृ का ऋकार या रकार सर्वथा लुप्त हो गया है।

धात्वर्थ का पता ही नहीं लगता। अतः यहाँ यह बात सिद्ध होती है कि पहले कर्म या कर्म्म था, फिर उसी से विकृत रूप कम्म हुआ और कम्म से हिंदी का काम शब्द निकला। लेकिन यहाँ एक सवाल और पैदा होता है कि पाली या प्राकृत तो चलो संस्कृत से उत्पन्न हुई भाषा है, लेकिन अरबी आदि भाषाओं का उद्गम क्या है? जेकालियट ने इस प्रश्न का उत्तर देते हुए लिखा है कि विश्व की तमाम भाषाओं की माता संस्कृत ही है।

प्रश्न पैदा होता है कि कैसे स्वीकारें कि सभी भाषाएं संस्कृत से ही जन्मी हैं। इसका समाधान है कि संस्कृत को देववाणी कहा जाता है। इसी से ही प्राकृत आदि भाषाएँ भी निकली हैं। प्राकृत शब्द अपने आप में दो अक्षरों 'प्र-अकृत' से बना है अर्थात् मूल ईश्वर प्रदत्त भाषा से गढ़ ली गई भाषा।

आज के युग में संसार में संस्कृत का मूल उपयोग ध्वस्त हो चुका

है, इसलिए संसार भर की प्राकृत भाषाओं की तरह अन्य ग्रहों पर भी अलग-अलग ही भाषाएँ होंगी। आखिरकार एक नई भाषा किस प्रकार बन जाती है, इसका एक उदाहरण देखें :

संस्कृत	**प्राकृत/पाली**	**हिंदी**
सर्व	सब्ब	सब
सत्य	सच्च	सच
क्षेत्र	खेत्त	खेत
आर्य	अज	अजी/जी
क्रमेल	कम्मल	कमल
कर्म	कम्म	काम

हिंदी शब्द की व्युत्पत्ति : हिंदी शब्द की व्युत्पत्ति भारत के उत्तर/पश्चिम में प्रवाहमान सिंधु नदी से सम्बन्धित है। अधिकांश विदेशी यात्री और आक्रान्ता उत्तर/पश्चिम के रास्ते से ही भारत आए। भारत में आने वाले इन विदेशियों ने जिस देश के दर्शन किए, वह सिंधु का देश था। ईरान (फारस) के साथ भारत के बहुत प्राचीन काल से ही सम्बन्ध थे और ईरानी सिंधु को हिन्दु कहते थे। (सिंधु - हिन्दु, स का ह में तथा ध का 'द' में परिवर्तन - पहलवी भाषा प्रवृत्ति के अनुसार ध्वनि परिवर्तन)। हिन्दू शब्द संस्कृत से प्रचलित है, परंतु यह संस्कृत के सिन्धु शब्द से विकसित है। हिन्दू से हिन्द बना और फिर 'हिन्द' में फारसी भाषा के सम्बन्ध कारक प्रत्यय ई लगने से 'हिंदी' बन गया। हिंदी का अर्थ है हिन्द का। इस प्रकार हिंदी शब्द की उत्पत्ति हिन्द देश के निवासियों के अर्थ में हुई। आगे चलकर यह शब्द हिंदी की भाषा के अर्थ में प्रयुक्त होने लगा। उपर्युक्त बातों से तीन बातें सामने आती हैं :

हिंदी शब्द का विकास कई चरणों में हुआ : सिंधु, हिन्दु, हिन्दई और हिंदी। प्रोफेसर महावीर सरन जैन ने विस्तार से स्पष्ट किया है कि ईरान

की प्राचीन भाषा अवेस्ता में 'स्' ध्वनि नहीं बोली जाती थी। अवेस्ता में 'स' का उच्चारण 'ह' किया जाता था। उदाहरण के लिए संस्कृत के असुर शब्द का उच्चारण अहुर किया जाता था। अफगानिस्तान के बाद की सिन्धु नदी के पार के हिन्दुस्तान के इलाके को प्राचीन फारसी साहित्य में हिन्द एवं हिन्दुश के नामों से पुकारा गया है। हिन्द के भूभाग की किसी भी वस्तु, भाषा तथा विचार के लिए विशेषण के रूप में हिंदी का प्रयोग होता था। हिंदीक माने हिन्द का या हिन्द की। यही हिंदीक शब्द अरबी से होता हुआ ग्रीक में इंदिका तथा इंदिके हो गया। ग्रीक से लैटिन में यह इंदिया तथा लैटिन से अंग्रेजी में इंडिया शब्द रूप बन गए। यही कारण है कि अरबी एवं फारसी साहित्य में हिन्द में बोली जाने वाली जबानों के लिए जबान-ए-हिन्द लफ्ज मिलता है। भारत में आने के बाद मुसलमानों ने जबान-ए-हिंदी का प्रयोग आगरा-दिल्ली के आसपास बोली जाने वाली भाषा के लिए किया। जबान-ए-हिंदी माने हिन्द में बोली जाने वाली जबान। इस इलाके के गैर-मुस्लिम लोग बोले जाने वाले भाषा-रूप को भाखा कहते थे, हिंदी नहीं। कबीरदास की प्रसिद्ध पंक्ति है : संस्कृत है कूप जल, भाषा बहता नीर।

हिंदी शब्द मूलतः फारसी का है न कि हिंदी भाषा का। यह ऐसे ही है जैसे बच्चा हमारे घर जन्मे और उसका नामकरण हमारा पड़ोसी करे। हालाँकि कुछ कट्टर हिंदी प्रेमी हिंदी शब्द की व्युत्पत्ति हिंदी भाषा में ही दिखाने की कोशिश करते हैं, जैसे – हिन (हनन करने वाला) दु (दुष्ट)= हिन्दू अर्थात् दुष्टों का हनन करने वाला हिन्दू और उन लोगों की भाषा हिंदीय हीन (हीनों) दु (दलन)= हिन्दू अर्थात् हीनों का दलन करने वाला हिन्दू और उनकी भाषा हिंदी। चूँकि इन व्युत्पत्तियों में प्रमाण कम, अनुमान अधिक है, इसलिए सामान्यतः इन्हें स्वीकार नहीं किया जाता।

हिंदी शब्द के दो अर्थ हैं : हिन्द देश के निवासी (यथा हिंदी हैं हम,

वतन है हिन्दोस्ताँ हमारा : इकबाल) और हिंदी की भाषा। हाँ, यह बात अलग है कि अब यह शब्द दो आरम्भिक अर्थों से पृथक हो गया है। इस देश के निवासियों को अब कोई हिंदी नहीं कहता, बल्कि भारतवासी, हिन्दुस्तानी आदि कहते हैं। दूसरे, इस देश की व्यापक भाषा के अर्थ में भी अब हिंदी शब्द का प्रयोग नहीं होता, क्योंकि भारत में अनेक भाषाएँ हैं, जो सब हिंदी नहीं कहलाती हैं। बेशक ये सभी हिन्द की भाषाएँ हैं, लेकिन केवल हिंदी नहीं हैं। उन्हें हम पंजाबी, बांग्ला, असमिया, उड़िया, मराठी आदि नामों से पुकारते हैं। इसलिए हिंदी की इन सब भाषाओं के लिए हिंदी शब्द का प्रयोग नहीं किया जाता। हिंदी शब्द भाषा विशेष का वाचक नहीं है, बल्कि यह भाषा समूह का नाम है। हिंदी जिस भाषा समूह का नाम है, उसमें आज के हिंदी प्रदेश की 5 उपभाषाएँ तथा 17 बोलियाँ शामिल हैं। बोलियों में ब्रजभाषा, अवधी एवं खड़ी बोली को आगे चलकर मध्यकाल में महत्त्वपूर्ण स्थान प्राप्त हुआ है।

प्राचीन काल में ब्रजभाषा : प्राचीन हिंदी काल में ब्रजभाषा अपभ्रंश/अवहट्ट से ही जीवन रस लेती रही। अपभ्रंश/अवहट्ट की रचनाओं में ब्रजभाषा के फूटते हुए अंकुर को देखा जा सकता है। ब्रजभाषा साहित्य का प्राचीनतम उपलब्ध ग्रंथ प्रद्युम्न चरित (1354 ई.) है। इस काल की छिटपुट रचनाएं ग्रामीण आंचल में सुनने को मिल जाती हैं।

प्राचीन समय में अवधी : अवधी की पहली कृति मुल्ला दाउद की चंद्रायन या लोरकहा (1370 ई.) मानी जाती है। इसके उपरान्त अवधी भाषा के साहित्य का उत्तरोत्तर विकास होता गया। हालांकि प्राचीन काल में अवधि में बहुत से हिन्दी साहित्यकार भी हुए, लेकिन मुस्लिम काल में उनकी रचनाएं पुस्तकालय जलाए जाने के कारण नष्ट हो गई।

प्राचीन हिंदी काल में खड़ी बोली : प्राचीन हिंदी काल में रचित खड़ी

बोली साहित्य में खड़ी बोली के आरम्भिक प्रयोगों से उसके आदि रूप या बीज रूप का आभास मिलता है। खड़ी बोली का आदिकालीन रूप सरहपा आदि सिद्धों, गोरखनाथ आदि नाथों, अमीर खुसरो जैसे सूफियों, जयदेव, नामदेव, रामानंद आदि संतों की रचनाओं में उपलब्ध है। इन रचनाकारों में हमें अपभ्रंश/अवहट्ट से निकलती हुई खड़ी बोली स्पष्टतः दिखाई देती है।

मध्यकालीन हिंदी : मध्यकाल में हिंदी का स्वरूप स्पष्ट हो गया तथा उसकी प्रमुख बोलियाँ विकसित हो गईं। इस काल में भाषा के तीन रूप निखरकर सामने आए : ब्रजभाषा, अवधी व खड़ी बोली। ब्रजभाषा और अवधी का अत्यधिक साहित्यिक विकास हुआ तथा तत्कालीन ब्रजभाषा साहित्य को कुछ देशी राज्यों का संरक्षण भी प्राप्त हुआ। इनके अतिरिक्त मध्यकाल में खड़ी बोली के मिश्रित रूप का साहित्य में प्रयोग होता रहा। इसी खड़ी बोली का 14वीं सदी में दक्षिण में प्रवेश हुआ। अतः वहाँ पर इसका साहित्य में अधिक प्रयोग हुआ। 18वीं सदी में खड़ी बोली को मुसलमान शासकों का संरक्षण मिला तथा इसके विकास को नई दिशा मिली।

मध्यकाल में ब्रजभाषा : हिंदी के मध्यकाल में मध्य देश की महान भाषा परम्परा के उत्तरादायित्व का पूरा निर्वाह ब्रजभाषा ने किया। यह अपने समय की परिनिष्ठित व उच्च कोटि की साहित्यिक भाषा थी, जिसको गौरवान्वित करने का सर्वाधिक श्रेय हिंदी के कृष्णभक्त कवियों को है। पूर्व मध्यकाल (अर्थात् भक्तिकाल) में कृष्णभक्त कवियों ने अपने साहित्य में ब्रजभाषा का चरम विकास किया। पुष्टि मार्ग/शुद्धाद्वैत सम्प्रदाय के सूरदास (सूरसागर), नंददास, निम्बार्क संप्रदाय के श्री भट्ट, चैतन्य सम्प्रदाय के गदाधर भट्ट, राधावल्लभ सम्प्रदाय के हित हरिवंश (श्रीकृष्ण की बाँसुरी के अवतार) एवं सम्प्रदाय-निरपेक्ष कवियों में रसखान, मीराबाई आदि

प्रमुख कृष्णभक्त कवियों ने ब्रजभाषा के साहित्यिक विकास में अमूल्य योगदान दिया। इनमें सर्वप्रमुख स्थान सूरदास का है, जिन्हें अष्ट छाप का जहाज कहा जाता है। उत्तर मध्यकाल (अर्थात् रीतिकाल) में अनेक आचार्यों एवं कवियों ने ब्रजभाषा में लाक्षणिक एवं रीति ग्रंथ लिखकर ब्रजभाषा के साहित्य को समृद्ध किया। रीतिबद्ध कवियों में केशवदास, मतिराम, बिहारी, देव, पद्माकर, भिखारी दास, सेनापति आदि तथा रीतिमुक्त कवियों में घनानंद, आलम, बोधा आदि प्रमुख हैं। (ब्रजबुलि/बंगाल में कृष्णभक्त कवियों के द्वारा प्रचारित भाषा का नाम।)

मध्य काल में अवधी भाषा : अवधी को साहित्यिक भाषा के रूप में प्रतिष्ठित करने का श्रेय सूफी/प्रेममार्गी कवियों को है। कुतबन (मृगावती), जायसी (पद्मावत), मंझन (मधुमालती), आलम (माधवानल कामकंदला), उसमान (चित्रावली), नूर मुहम्मद (इन्द्रावती), कासिमशाह (हंस जवाहिर), शेख निसार (यूसुफ जुलेखा), अलीशाह (प्रेम चिंगारी) आदि सूफी कवियों ने अवधी को साहित्यिक गरिमा प्रदान की। इनमें सर्वप्रमुख जायसी थे। अवधी को रामभक्त कवियों ने अपनी अभिव्यक्ति का माध्यम बनाया, विशेषकर तुलसीदास ने रामचरितमानस की रचना बैसवाड़ी अवधी में कर अवधी भाषा को जिस साहित्यिक ऊँचाई पर पहुँचाया, वह अतुलनीय है। मध्यकाल में साहित्यिक अवधी का चरमोत्कर्ष दो कवियों में मिलता है, जायसी और तुलसीदास। जायसी के यहाँ-जहाँ अवधी का ठेठ ग्रामीण रूप मिलता है, वहीं तुलसी के यहाँ अवधी का तत्समुखी रूप है। (गोहारी/गोयारी : बंगाल में सूफियों द्वारा प्रचारित अवधी भाषा का नाम।)

मध्यकाल में खड़ी बोली : मध्यकाल में खड़ी बोली का मुख्य केन्द्र उत्तर से बदलकर दक्कन में हो गया। इस प्रकार, मध्यकाल में खड़ी बोली के दो रूप हो गए : उत्तरी हिंदी व दक्कनी हिंदी। खड़ी बोली मध्यकाल रूप कबीर, नानक, दादू, मलूकदास, रज्जब आदि संतोंय गंग की चन्द छन्द

वर्णन की महिमा, रहीम के मदनाष्टक, आलम के 'सुदामाचरित', जटमल की गोरा बादल की कथा, वली, सौदा, इन्शा, नजीर आदि दक्कनी एवं उर्दू के कवियों, कुतुबशतम (17वीं सदी), भोगलू पुराण (18वीं सदी), संत प्राणनाथ के कुलजमस्वरूप आदि में मिलता है।

आधुनिक हिंदी : हिंदी के आधुनिक काल तक आते-आते ब्रजभाषा जनभाषा से काफी दूर हट चुकी थी और अवधी ने तो बहुत पहले से ही साहित्य से मुँह मोड़ लिया था। 19वीं सदी के मध्य तक अंग्रेजी सत्ता का महत्तम विस्तार भारत में हो चुका था। इस राजनीतिक परिवर्तन का प्रभाव मध्य देश की भाषा हिंदी पर भी पड़ा। नवीन राजनीतिक परिस्थितियों ने खड़ी बोली को प्रोत्साहन प्रदान किया। जब ब्रजभाषा और अवधी का साहित्यिक रूप जनभाषा से दूर हो गया तब उनका स्थान खड़ी बोली धीरे-धीरे लेने लगी। अंग्रेजी सरकार ने भी इसका प्रयोग आरम्भ कर दिया।

हिंदी के आधुनिक काल में प्रारम्भ में एक ओर उर्दू का प्रचार होने और दूसरी ओर काव्य की भाषा ब्रजभाषा होने के कारण खड़ी बोली को अपने अस्तित्व के लिए संघर्ष करना पड़ा। 19वीं सदी तक कविता की भाषा ब्रजभाषा और गद्य की भाषा खड़ी बोली रही। 20वीं सदी के आते-आते खड़ी बोली गद्य-पद्य दोनों की ही साहित्यिक भाषा बन गई।

इस युग में खड़ी बोली को प्रतिष्ठित करने में विभिन्न धार्मिक सामाजिक एवं राजनीतिक आंदोलनों ने बड़ी सहायता की। फलतः खड़ी बोली साहित्य की सर्वप्रमुख भाषा बन गयी।

आधुनिक काल में खड़ी बोली : खड़ी बोली गद्य के आरम्भिक रचनाकारों में फोर्ट विलियम कॉलेज के बाहर दो रचनाकारों : सदासुख लाल नियाज (सुखसागर) व इंशा अल्ला खाँ (रानी केतकी की कहानी) तथा फोर्ट विलियम कॉलेज, कलकत्ता के दो भाषा मुंशियों : लल्लू लालजी (प्रेम

सागर) व सदल मिश्र (नासिकेतोपाख्यान) के नाम उल्लेखनीय हैं। भारतेन्दु पूर्व युग में मुख्य संघर्ष हिंदी की स्वीकृति और प्रतिष्ठा को लेकर था। इस युग के दो प्रसिद्ध लेखकों : राजा शिवप्रसाद सितारे हिन्द व राजा लक्ष्मण सिंह ने हिंदी के स्वरूप निर्धारण के सवाल पर दो सीमान्तों का अनुगमन किया। राजा शिव प्रसाद ने हिंदी का गँवारुपन दूर किया, तो राजा लक्ष्मण सिंह ने विशुद्ध संस्कृतनिष्ठ हिंदी का समर्थन किया। इसी दौरान स्वामी दयानंद सरस्वती ने भी हिंदी के विकास में अहम योगदान दिया और उन्होंने व्यवहारभानु, सत्यार्थ प्रकाश समेत अनेक ग्रंथ हिंदी में लिखकर इस भाषा के उत्थान की नींव रखी।

हिंदी में साहित्यिक युग

किसी भी भाषा का विकास साहित्यकारों के बिना संभव नहीं है। हिंदी में फिर भला यह कैसे संभव था। हिंदी को आर्य समाजी साहित्यकारों ने सबसे अधिक लोकप्रिय बनाया। पहले उर्दू में अनेक पत्र निकलते थे, जिन्हें आर्य समाजियों ने हिन्दी में निकालना शुरू किया। आर्य समाज ने हिन्दी साहित्य को जितने साहित्यकार दिए, उतने किसी और समाज ने कतई नहीं दिए। हिंदी साहित्य के विकास में कई साहित्यकारों का अतुलनीय योगदान रहा है, अतः उनके कालक्रम के अनुसार उन्हीं के नाम से कुछ युग भी निर्धाति किए गए हैं, जो इस प्रकार हैं –

भारतेन्दु युग (1850 ई.-1900 ई.) : हिंदी गद्य साहित्य की विविध विधाओं का ऐतिहासिक कार्य भारतेन्दु युग में हुआ। भारतेन्दु हिंदी के सबसे बड़े समर्थक थे और ये स्वामी दयानंद के शिष्य भी थे। हिंदी सही मायने में भारतेन्दु के काल में नई चाल में ढली और उनके समय में ही हिंदी के गद्य के बहुमुखी रूप का सूत्रपात हुआ। उन्होंने न केवल स्वयं रचना की बल्कि अपना एक लेखक मंडल भी तैयार किया, जिसे भारतेन्दु

हिंदी हमारा गौरव है

मंडल कहा गया। भारतेन्दु युग की महत्त्वपूर्ण उपलब्धि यह रही कि गद्य रचना के लिए खड़ी बोली को माध्यम के रूप में अपनाकर युगानुरूप स्वस्थ दृष्टिकोण का परिचय दिया। लेकिन पद्य रचना के मसले में ब्रजभाषा या खड़ी बोली को अपनाने के सवाल पर विवाद बना रहा, जिसका अन्त द्विवेदी के युग में जाकर हुआ।

द्विवेदी युग (1900 ई.-1920 ई.) : खड़ी बोली और हिंदी साहित्य के सौभाग्य से 1903 ई. में आचार्य महावीर प्रसाद द्विवेदी ने सरस्वती पत्रिका के सम्पादन का भार सम्भाला। वे सरल और शुद्ध भाषा के प्रयोग के हिमायती थे। वे लेखकों की वर्तनी अथवा त्रुटियों का संशोधन स्वयं करते चलते थे। उन्होंने हिंदी के परिष्कार का बीड़ा उठाया और उसे बखूबी अन्जाम दिया। गद्य तो भारतेन्दु युग से ही सफलतापूर्वक खड़ी बोली में लिखा जा रहा था, अब पद्य की व्यावहारिक भाषा भी एकमात्र खड़ी बोली प्रतिष्ठित होने लगी।

इस प्रकार ब्रजभाषा, जिसके साथ में भाषा शब्द जुड़ा हुआ है, अपने क्षेत्र में सीमित हो गई अर्थात् बोली बन गई। इसके मुकाबले में खड़ी बोली, जिसके साथ बोली शब्द लगा है, भाषा बन गई और इसका सही नाम हिंदी हो गया। अब खड़ी बोली दिल्ली के आसपास की मेरठ-जनपदीय बोली नहीं रह गई, अपितु यह समस्त उत्तरी भारत के साहित्य का माध्यम बन गई। द्विवेदी युग में साहित्य रचना की विविध विधाएँ विकसित हुई। महावीर प्रसाद द्विवेदी, श्याम सुन्दर दास, पद्म सिंह शर्मा, माधव प्रसाद मिश्र, पूर्णसिंह, चन्द्रधर शर्मा गुलेरी आदि के अवदान विशेषतः उल्लेखनीय हैं।

छायावाद युग(1920 ई-1936 ई. एवं उसके बाद) : साहित्यिक खड़ी बोली के विकास में छायावाद युग का योगदान काफी महत्त्वपूर्ण है।

प्रसाद, पंत, निराला, महादेवी वर्मा और राम कुमार वर्मा आदि ने महती योगदान किया। इनकी रचनाओं को देखते हुए यह कोई नहीं कह सकता कि खड़ी बोली सूक्ष्म भावों को अभिव्यक्त करने में ब्रजभाषा से कम समर्थ है। हिंदी में अनेक भाषायी गुणों का समावेश हुआ। अभिव्यजंना की विविधता, बिंबों की लाक्षणिकता, रसात्मक लालित्य छायावाद युग की भाषा की अन्यतम विशेषताएँ हैं। हिंदी काव्य में छायावाद युग के बाद प्रगतिवाद युग (1936 ई.-1946 ई.) प्रयोगवाद युग (1943) आदि आए। इस दौर में खड़ी बोली का काव्य भाषा के रूप में उत्तरोत्तर विकास होता गया।

पद्य के ही नहीं, गद्य के सन्दर्भ में भी छायावाद युग साहित्यिक खड़ी बोली के विकास का स्वर्ण युग था। कथा साहित्य (उपन्यास व कहानी) में प्रेमचंद और गुरुदत्त, नाटक में जयशंकर प्रसाद, आलोचना में आचार्य रामचंद्र शुक्ल ने जो भाषा शैलियाँ और मर्यादाएँ स्थापित कीं, उनका अनुसरण आज भी किया जा रहा है। गद्य साहित्य के क्षेत्र में इनके महत्त्व का अंदाजा इसी बात से लगाया जा सकता है कि गद्य साहित्य के विभिन्न विधाओं के इतिहास में कालों का नामकरण इनके नाम को केन्द्र में रखकर ही किया गया है। जैसे उपन्यास के इतिहास में प्रेमचंद पूर्व युग, प्रेमचंद युग, प्रेमचंदोत्तर युग नाटक के इतिहास में प्रसाद पूर्व युग, प्रसाद युग, प्रसादोत्तर युग आलोचना के इतिहास में शुक्ल पूर्व युग, शुक्ल युग, शुक्लोत्तर युग।

हिंदी व्याकरण

हिंदी व्याकरण पर चर्चा करने से पहले हम इस अध्याय में हिन्दी के अनेक नाम, अर्थ, भाषा इत्यादि पर भी चर्चा करेंगे।

हिन्दवी : हिन्दवी को हिन्दुई, जबान-ए-हिन्द, देहलवी नामों से भी जाना जाता है। मध्यकाल में मध्यदेश के हिन्दुओं की भाषा, जिसमें अरब-फारसी

शब्दों का अभाव है। (सर्वप्रथम अमीर खुसरो (1253-1325) ने मध्य देश की भाषा के लिए हिन्दवी, हिंदी शब्द का प्रयोग किया। उन्होंने देशी भाषा हिन्दवी, हिंदी के प्रचार-प्रसार के लिए एक फारसी-हिंदी कोश खालिक बारी की रचना की, जिसमें हिन्दवी शब्द 30 बार, हिंदी शब्द 5 बार देशी भाषा के लिए प्रयुक्त हुआ है।)

भाषा : भाषा को भाखा भी कहा जाता है। विद्यापति, कबीर, तुलसी, केशवदास आदि ने भाषा शब्द का प्रयोग हिंदी के लिए किया है। (19वीं सदी के प्रारम्भ तक इस शब्द का प्रयोग होता रहा। फोर्ट विलियम कॉलेज में नियुक्त हिंदी अध्यापकों को भाषा मुंशी के नाम से अभिहित करना इसी बात का सूचक है।) स्वामी दयानंद ने इसे भाषा और आर्य भाषा के नाम से संबोधित किया।

रेख्ता : मध्यकाल में मुसलमानों में प्रचलित अरबी-फारसी शब्दों से मिश्रित कविता की भाषा। (जैसे मीर, मिर्जा गालिब की रचनाएँ)

दक्खिनी : इसे दक्कनी नाम से भी जाना जाता है। मध्यकाल में दक्कन के मुसलमानों के द्वारा फारसी लिपि में लिखी जाने वाली भाषा। (हिंदी में गद्य रचना परम्परा की शुरुआत करने का श्रेय दक्कनी हिंदी के रचनाकारों को ही है। दक्कनी हिंदी को उत्तर भारत में लाने का श्रेय प्रसिद्ध शायर वली दक्कनी (1688-1741) को है। वह मुगल शासक मुहम्मद शाह 'रंगीला' के शासन काल में दिल्ली पहुँचा और उत्तरी भारत में दक्कनी हिंदी को लोकप्रिय बनाया।)

खड़ी बोली : हिंदी, शुद्ध हिंदी, उच्च हिंदी, नागरी हिंदी, आर्यभाषा-नागरी लिपि में लिखित संस्कृत बहुल खड़ी बोली (जैसे जयशंकर प्रसाद की रचनाएँ)।

हिन्दी हमारी राष्ट्र
भाषा है

भाषा शास्त्रीय अर्थ : नागरी लिपि में लिखित संस्कृत बहुल खड़ी बोली।

वैधानिक-कानूनी अर्थ : संविधान के अनुसार हिंदी भारत संघ की राजभाषा या अधिकृत भाषा तथा अनेक राज्यों की राजभाषा है।

सामान्य अर्थ : समस्त हिंदी भाषी क्षेत्र की परिनिष्ठित भाषा अर्थात् शासन, शिक्षा, साहित्य, व्यापार आदि की भाषा।

व्यापक अर्थ : आधुनिक युग में हिंदी को केवल खड़ी बोली में ही सीमित नहीं किया जा सकता। हिंदी की सभी उपभाषाएँ और बोलियाँ हिंदी के व्यापक अर्थ में आ जाती हैं।

हिंदी की उपभाषाएँ एवं बोलियाँ : हिंदी भाषी क्षेत्र/हिंदी क्षेत्र/हिंदी पट्टी के अंतर्गत हिंदी पश्चिम में अम्बाला (हरियाणा) से लेकर पूर्व में पूर्णिया (बिहार) तक तथा उत्तर में बद्रीनाथ-केदारनाथ (उत्तराखंड) से लेकर दक्षिण में खंडवा (मध्य प्रदेश) तक बोली जाती है। इसे हिंदी भाषी क्षेत्र या हिंदी क्षेत्र के नाम से जाना जाता है। इस क्षेत्र के अंतर्गत 9 राज्य उत्तर प्रदेश, उत्तराखंड, बिहार, झारखंड, मध्य प्रदेश, छत्तीसगढ़, राजस्थान, हरियाणा व हिमाचल प्रदेश तथा 1 केन्द्र शासित प्रदेश (राष्ट्रीय राजधानी क्षेत्र दिल्ली) आते हैं। इस क्षेत्र में भारत की कुल जनसंख्या के 43 प्रतिशत लोग रहते हैं।

बोलियाँ : एक छोटे क्षेत्र में बोली जानेवाली भाषा बोली कहलाती है। बोली में साहित्य रचना नहीं होती है।

उपभाषा : अगर किसी बोली में साहित्य रचना होने लगती है और क्षेत्र का विकास हो जाता है तो वह बोली न रहकर उपभाषा बन जाती है।

भाषा : साहित्यकार जब उस भाषा को अपने साहित्य के द्वारा परिनिष्ठित

सर्वमान्य रूप प्रदान कर देते हैं तथा उसका और क्षेत्र विस्तार हो जाता है तो वह भाषा कहलाने लगती है। एक भाषा के अंतर्गत कई उपभाषाएँ होती हैं तथा एक उपभाषा के अंतर्गत कई बोलियाँ होती हैं।

सर्वप्रथम एक अंग्रेज प्रशासनिक अधिकारी जार्ज अब्राहम ग्रियर्सन ने 1927 ई. में अपनी पुस्तक भारतीय भाषा सर्वेक्षण में हिंदी का उपभाषाओं व बोलियों में वर्गीकरण प्रस्तुत किया। चटर्जी ने पहाड़ी भाषाओं को छोड़ दिया है। वह इन्हें भाषाएँ नहीं मानते। धीरेन्द्र वर्मा का वर्गीकरण मुख्यतः सुनीति कुमार चटर्जी के वर्गीकरण पर ही आधारित है। केवल उसमें कुछ ही संशोधन किए गए हैं। जैसे – उसमें पहाड़ी भाषाओं को शामिल किया गया है। इनके अलावा कई विद्वानों ने अपना वर्गीकरण प्रस्तुत किया है। आज इस बात को लेकर आम सहमति है कि हिंदी जिस भाषा-समूह का नाम है, उसमें 5 उपभाषाएँ और 17 बोलियाँ हैं।

हिंदी क्षेत्र की समस्त बोलियों को 5 वर्गों में बाँटा गया है। इन वर्गों को उपभाषा कहा जाता है। इन उपभाषाओं के अंतर्गत ही हिंदी की 17 बोलियाँ आती हैं।

देवनागरी लिपि : भारत में सर्वाधिक प्रचलित लिपि जिसमें संस्कृत, हिंदी और मराठी भाषाएँ लिखी जाती हैं। इस शब्द का सबसे पहला उल्लेख 453 ई. में जैन ग्रंथों में मिलता है। नागरी नाम के संबंध में मतैक्य नहीं है। कुछ लोग इसका कारण नगरों में प्रयोग को बताते हैं। यह अपने आरंभिक रूप में ब्राह्मी लिपि के नाम से जानी जाती थी। इसका वर्तमान रूप नवीं-दसवीं शताब्दी से मिलने लगता है। भाषा विज्ञान की शब्दावली में यह अक्षरात्मक लिपि कहलाती है। यह विश्व में प्रचलित सभी लिपियों की अपेक्षा अधिक पूर्णतर है। इसके लिखित और उच्चरित रूप में कोई अंतर नहीं पड़ता है। प्रत्येक ध्वनि संकेत यथावत लिखा जाता है।

देवनागरी एक लिपि है, जिसमें अनेक भारतीय भाषाएँ तथा कुछ विदेशी

भाषाएँ लिखीं जाती हैं। संस्कृत, पालि, हिंदी, मराठी, कोंकणी, सिन्धी, कश्मीरी, नेपाली, गढ़वाली, बोडो, अंगिका, मगही, भोजपुरी, मैथिली, संथाली आदि भाषाएँ देवनागरी में लिखी जाती हैं। इसे नागरी लिपि भी कहा जाता है। इसके अतिरिक्त कुछ स्थितियों में गुजराती, पंजाबी, बिष्णुपुरिया मणिपुरी, रोमानी और उर्दू भाषाएं भी देवनागरी में लिखी जाती हैं।

हिंदी में कुल 52 अक्षर हैं, जिसमें अनुस्वार, विसर्ग सहित 14 स्वर और 38 व्यंजन हैं। अक्षरों की क्रम व्यवस्था (विन्यास) भी बहुत ही वैज्ञानिक है। स्वर-व्यंजन, कोमल-कठोर, अल्पप्राण-महाप्राण, अनुनासिक्य-अन्तस्थ-ऊष्म इत्यादि वर्गीकरण भी वैज्ञानिक हैं। एक मत के अनुसार देवनगर (काशी) में प्रचलन के कारण इसका नाम देवनागरी पड़ा।

वर्णमाला : हिंदी भाषा में जितने वर्णों का प्रयोग होता है, उन वर्णों के समूह को हिंदी वर्णमाला कहा जाता है।

वर्ण-समूह या ध्वनि-समूह को शब्द कहते हैं।

शब्द दो प्रकार के होते हैं सार्थक और निरर्थक।

हिन्दी भाषा की लिपि देवनागरी है। देवनागरी वर्णमाला में हिन्दी की तरह कुल 52 अक्षर ही हैं, लेकिन इनमें से 16 स्वर हैं और 36 व्यंजन।

स्वर : जिन वर्णों का उच्चारण करते समय साँस, कंठ, तालु आदि स्थानों से बिना रुके हुए निकलती है, उन्हें स्वर कहा जाता है। हिन्दी भाषा में मूल रूप से ग्यारह स्वर होते हैं। ये ग्यारह स्वर निम्नलिखित हैं।

ग्यारह स्वर के वर्ण : अ, आ, इ, ई, उ, ऊ, ऋ, ए, ऐ, ओ, औ आदि।

हिन्दी भाषा में ऋ को आधा स्वर (अर्धस्वर) माना जाता है, अतः इसे स्वर में शामिल किया गया है।

हिन्दी भाषा में प्रायः ल और ऍ का प्रयोग नहीं होता। अं और अः को भी स्वर में नहीं गिना जाता।

इसलिए हम कह सकते हैं कि हिन्दी में 11 स्वर होते हैं। यदि ल, ऑ नाम की विदेशी ध्वनियों को शामिल करें तो हिन्दी में 11 जमा 2=13 स्वर होते हैं, फिर भी 11 स्वर हिन्दी में मूलभूत हैं।

अनुस्वार : अं

विसर्ग : अः

व्यंजन : जिन वर्णों का उच्चारण करते समय साँस कंठ, तालु आदि स्थानों से रुककर निकलती है, उन्हें व्यंजन कहा जाता है। प्रायः व्यंजनों का उच्चारण स्वर की सहायता से किया जाता है।

क, ख, ग, घ, ङ

च, छ, ज, झ, ञ

ट, ठ, ड, ढ, ण, ड़, ढ़

त, थ, द, ध, न

प, फ, ब, भ, म

य, र, ल, व

श, ष, स, ह

गृहीत- ज, फ, ऑ

संयुक्त व्यंजन- क्ष, त्र, ज्ञ, श्र

संज्ञा : यह सार्थक वर्ण-समूह शब्द कहलाता है। जब इसका प्रयोग वाक्य में होता है तो वह व्याकरण के नियमों में बँध जाता है और इसका रूप भी बदल जाता है।

सर्वनाम : संज्ञा के स्थान पर प्रयुक्त होने वाले शब्द को सर्वनाम कहते हैं। संज्ञा की पुनरुक्ति न करने के लिए सर्वनाम का प्रयोग किया जाता है।

विशेषण : संज्ञा अथवा सर्वनाम शब्दों की विशेषता (गुण, दोष, संख्या, परिमाण आदि) बताने वाले शब्द 'विशेषण' कहलाते हैं।

क्रिया : जिन शब्दों से किसी कार्य या व्यापार के होने या किए जाने का बोध होता है उन्हें क्रिया कहते हैं। जैसे उठना, बैठना, सोना जागना।

क्रिया विशेषण : जिन अविकारी शब्दों से क्रिया की विशेषता का बोध होता है वे क्रिया विशेषण कहलाते हैं।

कारक : कारक शब्द का अर्थ है क्रिया को करने वाला अर्थात क्रिया को पूरी करने में किसी न किसी भूमिका को निभाने वाला।

काल : क्रिया के व्यापार का समय सूचित करने वाले क्रिया रूप को काल कहते हैं।

संधि : दो समीपवर्ती वर्णों के मेल से जो विकार होता है, वह संधि कहलाता है।

जैसे – देव + आलय = देवालय

उपवाक्य : यदि किसी एक वाक्य में एक से अधिक समापिका क्रियाएँ होती हैं, तो वह वाक्य उपवाक्यों में बँट जाता है। उसमें जितनी भी समापिका क्रियाएँ होती हैं, उतने ही उपवाक्य होते हैं।

वचन : विकारी शब्दों के जिस रूप से संख्या का बोध होता है, उसे वचन कहते हैं। वैसे तो शब्दों का संज्ञा भेद विविध प्रकार का होता है, परन्तु व्याकरण में उसके एक और अनेक भेद प्रचलित हैं।

वर्तनी : लिखने की रीति को वर्तनी या अक्षरी कहते हैं। इसे हिज्जे भी कहा जाता है।

उपसर्ग : वे शब्दांश जो यौगिक शब्द बनाते समय पहले लगते हैं, उपसर्ग कहलाते हैं। जैसे प्रति = प्रतिनिधि, प्रतिकूल, प्रतिष्ठा, प्रत्यक्ष।

रस : रस का शाब्दिक अर्थ है आनन्द। काव्य को पढ़ने या सुनने से जिस आनन्द की अनुभूति होती है, उसे रस कहा जाता है। रस को काव्य की आत्मा या प्राण तत्व माना जाता है।

अलंकार : अलंकार का शाब्दिक अर्थ है, आभूषण। जिस प्रकार सुवर्ण आदि के आभूषणों से शरीर की शोभा बढ़ती है उसी प्रकार काव्य अलंकारों से काव्य की। हिंदी के कवि केशवदास एक अलंकारवादी हैं।

छन्द : वर्णों या मात्राओं के नियमित संख्या के विन्यास से यदि आह्लाद पैदा हो, तो उसे छंद कहते हैं। छंद का सर्वप्रथम उल्लेख ऋग्वेद में मिलता है।

हिंदी का मानकीकरण

मानक का अभिप्राय है आदर्श, श्रेष्ठ अथवा परिनिष्ठित। भाषा का जो रूप उस भाषा के प्रयोक्ताओं के अलावा अन्य भाषा-भाषियों के लिए आदर्श होता है, जिसके माध्यम से वे उस भाषा को सीखते हैं, जिस भाषारूप का व्यवहार पत्राचार, शिक्षा, सरकारी कामकाज एवं सामाजिक-सांस्कृतिक आदान-प्रदान में समान स्तर पर होता है, वह उस भाषा का मानक रूप कहलाता है।

मानक भाषा किसी देश अथवा राज्य की वह प्रतिनिधि तथा आदर्श भाषा होती है, जिसका प्रयोग वहाँ के शिक्षित वर्ग के द्वारा अपने सामाजिक, सांस्कृतिक, साहित्यिक, व्यापारिक व वैज्ञानिक तथा प्रशासनिक कार्यों में किया जाता है।

किसी भाषा का बोलचाल के स्तर से ऊपर उठकर मानक रूप ग्रहण कर लेना, उसका मानकीकरण कहलाता है।

किसी भी क्षेत्र में सफलता पाने के लिए शब्दों के अकूत भंडार की

हिन्दी दुनिया

आवश्यकता होती है। आपका शब्द भंडार जितना अधिक संपन्न होगा, उतनी ही अधिक उन्नति की ओर बढ़ा जा सकता है। पर्यायवाची शब्दों के ज्ञान के साथ-साथ तय मानकों के अनुसार, शुद्ध लिखने की कला या ज्ञान में भी निपुणता होनी बहुत ही आवश्यक है। अच्छे-अच्छे विद्वान, लेखक और अध्यापक भी कई बार शब्दों को अशुद्ध लिखते देखे गए हैं। ख़ासतौर से हिन्दी में चन्द्र बिन्दु और अनुस्वार-चिह्न को लेकर बहुत बार भ्रम की स्थिति उपस्थित हो जाती है। इसलिए अनुस्वार और चन्द्र बिन्दु का अभ्यास करें और अग्रलिखित बातों को ध्यान से पढ़ें।

हिन्दी भाषा में पूर्ण अनुनासिकता (स्वनिमीय होने के कारण) को व्यक्त करने के लिए ँ का प्रयोग होता है, किन्तु मुद्रण, टंकण तथा लेखन की सुविधा के लिए कई स्थलों पर ँ के स्थान पर ं का ही प्रयोग चल पड़ा है। जिन स्थानों पर ँ के स्थान पर ं रखने से उच्चारण भेद व अर्थ भेद नहीं होता, वहां तो ं का प्रयोग ठीक है, यथा –

1. औरतों, माताओं, आदमियों, घरों (संज्ञाओं का तिर्यक् बहुवचन रूप)
2. मैं, हमें, उन्हें, जिन्हें (सर्वनाम)
3. हैं (वर्तमान काल की क्रिया है का बहुवचन)
4. थीं, गईं, चलीं, मिलीं, करतीं, भरतीं आदि (भूतकाल की क्रियाओं का पुल्लिंग, स्त्रीलिंग-बहुवचन)
5. चलेंगे, फिरेंगे, करेंगे (भविष्य काल की क्रिया का पुल्लिंग, स्त्रीलिंग-बहुवचन)
6. चलें, देखें (विधि रूप की बहुवचन क्रिया)
7. क्यों, क्योंकि, वहीं (अपव्यय, परसर्ग) किन्तु जहाँ शिरोरेखा के ऊपर कोई मात्रा-चिह्न न हो तथा उच्चारण अनुनासिकता युक्त हो, वहाँ

स्टेंडर्ड स्पेलिंग के लिए ँ ही लगाना चाहिए न कि ं, उदाहरण : गाँव, आँधी, अँगना, कँगना, बँगला, घूँट, साँप, रँगला, दाँत, पूँछ आदि।

ँ के प्रयोग के स्थल निम्नलिखित हैं :

1. काँख, आँख, रँगरेज, अँगरेज़ (संज्ञा)
2. लड़कियाँ, मालाएँ, चिड़ियाँ, बहुएँ (ईकारान्त, ऊकारान्त स्त्रीलिंग संज्ञाओं का ऋजु बहुवचन रूप)
3. करूँ, करूँगा, धरूँ, धरूँगा, खाऊँ (भविष्य काल की क्रिया के एकवचन उत्तम पुरुष पुल्लिंग, स्त्रीलिंग रूप)
4. जहाँ, कहाँ, वहाँ, यहाँ, हाँ (कुछ अपव्यय)

अब हम अनुस्वार चिह्न के प्रयोग के बारे में बताते हैं, ताकि आप शुद्ध लेखन कर ज्ञान और स्मरण शक्ति को दोषरहित बनाएँ।

1. य, र, ल, व, श, स, ह, क्ष, ज्ञ, से तुरन्त पूर्व के व्यंजन वर्ण पर अनुस्वार लगाना चाहिए।

उदाहरण : संयम, संरक्षक, संलाप, संवाद, संसार, संक्षेप, संज्ञा, लंबा आदि शब्दों का उच्चारण अनुस्वार युत माना जाता है।

2. कुछ विशिष्ट संस्कृत शब्दों के अन्तिम व्यंजन वर्ण पर, उदाहरण : एवं, स्वयं, किं आदि शब्दों का उच्चारण म् युत माना जाता है।

ध्यान रहे वर्गीय व्यंजनों से पूर्व शब्द मध्य में संयुक्ताक्षरत्व प्रकट करते समय वर्गीय नासिक्य व्यंजनों का उच्चारण देता है, इसलिए वर्गीय नासिक्य अर्द्ध व्यंजन के स्थान पर ं का प्रयोग विकल्प से स्वीकार करते हुए मानक माना जा सकता है, क्योंकि इससे लेखन, टंकण और मुद्रण में आसानी रहती है।

1. अंकन, संख्या, रंग, संघ (क वर्गीय व्यंजनों से पूर्व ङ् के स्थान पर)
2. चंचरीक, वांछित, कंज, झंझा (च वर्गीय व्यंजनों से पूर्व ञ् के स्थान पर)
3. कंटकित, कंठ, दंडित, षंढ (ट वर्गीय व्यंजनों से पूर्व ण् के स्थान पर)
4. अंतिम, पंथ, कुंद, अंधकार (त वर्गीय व्यंजनों से पूर्व न् के स्थान पर)
5. कंपित, गुंफ, खंभ (प वर्गीय व्यंजनों से पूर्व म् के स्थान पर)
6. कंघा, डंडा, कुंदा, बंबा आदि (हिन्दी के स्वकीय, संस्कृतेतर परकीय शब्दों पर)
7. इंतज़ार, अंज़ाम, गांधी (हिन्दी के स्वकीय शब्दों पर)।

शिरोरेखा के ऊपर कोई मात्रा-चिह्न होने पर ं के स्थान पर वर्गीय नासिक्य व्यंजन वर्ण का प्रयोग ही मानक माना जाए, क्योंकि ऐसा करने से ं, के उच्चारण-भ्रम की गुंजाइश नहीं रहेगी यथा–किंचित, हिन्दी, बिन्दी, ज़िन्दगी, पिंजर, गीतांजली, पिण्डदान। यदि उपर्युक्त शब्दों को ं युक्त लिखा जाए तो वचन में ँ, ं का भ्रम होगा, यथा : पिंड, पिंडा, हिंद, पिंजरा। जिन लोगों ने ये समान रूप से लिखे शब्द पहली बार देखें हैं, उनके लिए इन का शुद्ध वाचन कष्टप्रद होगा तथा संभव है कि बहुत समय तक वे अशुद्ध उच्चारण को ही शुद्ध उच्चारण समझते रहे। इन शब्दों में पिंडली, पिंड़िया, खिंचाव, केंचुआ आदि के उच्चारण में अनुनासिकता है, शेष के उच्चारण में नासिक्य ध्वनि है। ं के स्थान पर नासिक्य वर्णों का प्रयोग निम्न स्थलों पर अनिवार्य होता है :

1. वाङ्मय, चिन्मय, दिङ्नाग, मृण्मय (दो भिन्न वर्गीय नासिक्य ध्वनियों का संयोग होने पर)

2. विषण्ण, उत्पन्न, सम्मति (दो समान नासिक्य वर्णों का संयोग या नासिक्य ध्वनि का दीर्घ उच्चारण होने पर)

3. पुण्य, कण्व, अन्य, तुम्हारा (नासिक्य वर्ण तथा य/व/ह का संयोग होने पर होता है)

4. इन्सान, इन्क़लाब, उम्दा, कैन्सर (अरबी, फ़ारसी तथा अंग्रेजी आदि से आये हुए शब्दों पर)

अन्य शुद्धि सुधार :

1. ङ, ञ, ण, न, म—जब ये अक्षर

आधे होते हैं, तब पहले वाले अक्षर के ऊपर बिन्दु अर्थात् अनुस्वार लगाने से भी काम चल जाता है, जैसे

लङ्गर—लंगर	डङ्क—डंक
पञ्च—पंच	पञाब—पंजाब
भिण्डी—भिंडी	कण्ठ—कंठ
सन्त—संत	अन्धा—अंधा
चम्पा—चंपा	शम्भु—शंभु

2. आधे र् के आगे जो अक्षर होता है, उसी में ˊ इस तरह लगाने से र् हो जाता है, जैस—

र्	+	ज	=	र्ज	तर्जनी
र्	+	द	=	र्द	दर्द
र्	+	प	=	र्प	दर्पण
र्	+	श	=	र्श	दर्शन

3. आधे ह् के बाद पड़ने वाला अक्षर ह के नीचे लिख दिया जाता है, जैसे—

ह्	+	न	=	ह्न	मध्याह्न

ह्	+	म	=	ह्म	ब्राह्मण
ह्	+	ल	=	ह्ल	प्रह्लाद
ह्	+	व	=	ह्व	आह्वान

4. पाई वाले आधे अक्षर के बाद यदि ह्रस्व इ की मात्रा के सहित कोई अक्षर आता है, तो इ की मात्रा आधे अक्षर से पहले लगती है, जैसे–

क्	+	खि	=	क्खि	दक्खिन
स्	+	ति	=	स्ति	हस्तिनापुर

4. ॉ की मात्रा प्रायः अंग्रेज़ी शब्दों में आती है, इसका उच्चारण आ और ओ के बीच का होता है, जैसे–

फुटबॉल, ऑस्ट्रेलिया, कॉलेज, ऑक्सफोर्ड, रिकॉर्ड आदि।

हिंदी में शुद्धता का प्रश्न

हिंदी को आर्य भाषा यानी कि देवों की भाषा कहा जाता है, इसलिए हिंदी के लेखन में शुद्धता का विशेष ध्यान रखना चाहिए। पर्यायवाची हों या आपकी अपनी भाषा के शब्द, शब्द तो शब्द ही होते हैं और यदि शब्द सही न लिखें जाएँ तो अर्थ का अनर्थ भी हो सकता है। हम लिखते समय कई जगह शब्दों में ग़लती कर जाते हैं। दूसरा हमारा इस ओर ध्यान आकृष्ट करे तो भी हम ग़लत को ही सही ठहराने पर अड़ जाते हैं।

ऐसा हर किसी के साथ कभी-न-कभी हो जाता है। यदि आपके शब्द ही अशुद्ध हैं तो फिर शुद्ध लेखन भी असंभव है और परीक्षा आदि में अपेक्षा के अनुरूप अंक मिलने की संभावना क्षीण होती है। आगे शब्द या वर्तनी अशुद्धि के कारण और प्रकार से अवगत कराने की चेष्टा की जाएगी, ताकि आप इनका अभ्यास कर एक ओर जहाँ अपनी वर्तनी व्यवस्था या शब्द भंडार में सुधार करेंगे, वहीं इनके पढ़ने का अभ्यास आपको आपकी स्मरण शक्ति तेज करने, समझ-बूझ बढ़ाने और फिर लेखन के समय

शुद्धता की ओर ध्यान देने में सहायक होगा। आप इस प्रकार सफलता के नये आयाम छू सकेंगे और लक्ष्य सफल हो जाएगा। हमने आगे शुद्ध और अशुद्ध शब्दों में भेद करने और उन्हें पहचानने की चेष्टा की है :

(1). **अशुद्ध उच्चारण (Incorrect Pronunciation)** : किसी शब्द का अशुद्ध उच्चारण किसी के भी व्यक्तित्व को बहुत अधिक प्रभावित करता है। अशुद्ध उच्चारण वागिन्द्रियों में किसी प्रकार की कमी होने; शब्द-स्वरूप का पूर्ण ज्ञान न होने; आलस्य होने, अकुशल अध्यापक से शिक्षा पाने के कारण होता है। अशुद्ध उच्चारण से निम्न वर्तनी अशुद्धियां हो सकती हैं :

1. स्वर भक्ति (Vowel-Insertion) : संयुक्त व्यंजनों के बीच में अनावश्यक स्वर जोड़ते हुए उच्चारण करने वाले छात्र आदि लेखन में भी इसी प्रकार की भूलें किया करते हैं। उदाहरण :

अशुद्ध	शुद्ध	अशुद्ध	शुद्ध
अधयापक	अध्यापक	करम	कर्म
अस्त्र	अस्त्र	चरित्तर	चरित्र
स्वरग	स्वर्ग	हिनदी	हिन्दी
परापत	प्राप्त	शस्तर	शस्त्र

2. स्वर लोप (Vowel-deletion) : स्वर युक्त व्यंजनों में से किसी व्यंजन के स्वर का अनावश्यक लोप कर उच्चारण करने वाले व्यक्ति वर्तनी में भी प्रायः इस प्रकार की ग़लतियाँ करते हैं। उदाहरण :

अशुद्ध	शुद्ध	अशुद्ध	शुद्ध
अप्मान	अपमान	आज्कल	आजकल
न्यून्ता	न्यूनता	पर्न्तु	परन्तु
फार्सी	फ़ारसी	नर्क	नरक

3. आदि स्वरागम (Prothesis or Addition of a vowel in the

beginning) : शब्द आदि में प्रयुक्त संयुक्त व्यंजन के उच्चारण की कठिनाई समाप्त करने के लिए अ या इ का प्रयोग करने के कारण लेखन में भी इस प्रकार की ग़लतियाँ हो जाती हैं। उदाहरण :

अशुद्ध	शुद्ध	अशुद्ध	शुद्ध
इस्कूल	स्कूल	इस्टेशन	स्टेशन
इस्नान	स्नान	असनान	स्नान
इष्पष्ट	स्पष्ट	इस्पष्ट	स्पष्ट

4. स्वरों का अशुद्ध उच्चारण : ह्रस्व को दीर्घ तथा दीर्घ को ह्रस्व स्वर के रूप में तथा ए-ऐ; ओ-औ का ग़लत उच्चारण करने से वर्तनी में भी इस प्रकार की भूलें हो जाती हैं। उदाहरण :

अशुद्ध	शुद्ध	अशुद्ध	शुद्ध
अधीक	अधिक	उन्नती	उन्नति
कवी	कवि	कवीयों	कवियों
हदिश	हदीश	प्रचलीत	प्रचलित
प्रचलीत	प्रचलित	प्राणीमात्र	प्राणिमात्र
ओर	और	उर्दु	उर्दू
हेतू	हेतु	भूमी	भूमि
गुरू	गुरु	झौंपड़ी	झोंपड़ी
लिपी	लिपि	उपर	ऊपर
प्रतिक्षा	प्रतीक्षा	परिक्षा	परीक्षा

5. अनुस्वार तथा अनुनासिकता का अशुद्ध उच्चारण : यदि मुँह से पूरा श्वास निकाला जाए तो शुद्ध निरनुनासिक ध्वनि निकलती है, पर यदि श्वास का कुछ भी अंश नाक से निकाला जाए तो अनुनासिक ध्वनि निकलती है।

अनुनासिक स्वर का चिह्न चंद्र बिंदु कहलाता है। द्रविड़ भाषाओं

हिंदी
भाषा
साहित्य

में अनुस्वार का उच्चारण सदैव म् है, जबकि हिन्दी में इस का उच्चारण परवर्ती व्यंजन से शासित है। अतः द्रविड़ भाषाओं के लेखन में अनुस्वार संबंधी भूलें उनके उच्चारण प्रभाव के कारण हो जाती हैं। इस प्रकार के कुछ उदाहरण देखें :

अशुद्ध	**शुद्ध**	**अशुद्ध**	**शुद्ध**
कहाम्	कहाँ	गम्वार	गँवार
सम्स्कृत	संस्कृत	रंगरेज़	रँगरेज़
गाँधी	गांधी	सांड	साँड

6. ऋ, र तथ अर् का अशुद्ध उच्चारण : पाणिनीकाल से पूर्व ही ऋ का उच्चारण मूल स्वरवत् नहीं रह गया था। भारतीय भाषाओं में इसका प्रचलित उच्चारण र, रि, रु, इरु के समान है। लेखन में ऋ का प्रयोग केवल संस्कृत के तत्सम शब्दों में ही होता है। ऋ का स्वरवत् उच्चारण जिह्वानोक को वर्त्स या दन्तमूल से बिना छुलाए किया जा सकता है। जबकि र के उच्चारण में जिह्वानोक प्रकम्पन या लुंठन के साथ वर्त्स का स्पर्श करती है। उच्चारण दोष के कारण ऋ, र, अर् के लेखन में इस प्रकार की भूले हो जाना स्वाभाविक है और ये भूले स्मरण शक्ति और आपके ज्ञान पर प्रभाव डालती हैं। उदाहरण :

अशुद्ध	**शुद्ध**	**अशुद्ध**	**शुद्ध**
अम्रत	अमृत	रिण	ऋण
छातृ	छात्र	हिरदय	हृदय

7. न, ण का अशुद्ध उच्चारण : अनेक क्षेत्रों में ण (मूर्धा से जिह्वाग्र को छूते हुए) का उच्चारण ड़ँ (अनुनासिकता के साथ मूर्धा का जिह्वाग्र से ताड़न करते हुए) या न (जिह्वानोक से वर्त्स को छूते हुए) करने से तथा न का उच्चारण ण जैसा करने से वर्तनी में भी ऐसी ग़लतियाँ हो जाती हैं। उदाहरण :

अशुद्ध	शुद्ध	अशुद्ध	शुद्ध
राणी	रानी	वानी	वाणी

8. छ, क्ष, ख का अशुद्ध उच्चारण : कुछ क्षेत्रों में क्ष (क्ष) का उच्चारण छ या क्छ या ख वत् होने के कारण वर्तनी में भी इसी प्रकार की भूलें हो जाती हैं, लेकिन इनके निराकरण के लिए शुद्ध वर्तनी पर ध्यान देना बहुत ही जरूरी है। शुद्ध वर्तनी न केवल आपके ज्ञान को बढ़ाती है, बल्कि आप जिस उद्देश्य से यह पुस्तक पढ़ रहे हैं, उसकी पूर्ति करने के लिए भी शत-प्रतिशत योगदान देती है। उदाहरणः

अशुद्ध	शुद्ध	अशुद्ध	शुद्ध
अक्छर	अक्षर	छमा	क्षमा
लछमी	लक्ष्मी	खेम	क्षेम
अक्खर	अक्षर	खमा	क्षमा

9. ड, ड़, ढ, ढ़ का अशुद्ध उच्चारण : अनेक प्रादेशिक तथा विदेशी भाषाओं में ड़ (मूर्धन्य ताड़नजात अल्पप्राण अघोष), ढ़ (मूर्धन्य ताड़नजात महाप्राण सघोष), ढ (मूर्धन्य स्पर्श महाप्राण सघोष) ध्वनियों का उच्चारण किया जाता है।

कुछ क्षेत्रों में तो ड, ढ के उच्चारण में भी स्पष्ट अन्तर न रख सकने के कारण वर्तनी की भूलें हो जाना संभव है, लेकिन क्या यह दोष नहीं है? जी हाँ यह एक दोष है जो आपके प्राप्तांक को प्रभावित कर सकता है, आपकी बोलचाल को प्रभावित कर सकता है और सब कुछ आते हुए अज्ञानी घोषित कर सकता है। उदाहरण :

अशुद्ध	शुद्ध	अशुद्ध	शुद्ध
अढाई	अढ़ाई	क्रीडा	क्रीड़ा
ढ़ेर	ढेर	गाडी	गाड़ी

10. व, ब का अशुद्ध उच्चारण : जिन क्षेत्रों में व का उच्चारण ब के

समान किया जाता है, वहाँ के लोग लेखन में भ्रमवश व, ब वाले शब्दों की वर्तनी में प्रायः ग़लतियाँ कर जाते हैं। उदाहरण :

अशुद्ध	**शुद्ध**	**अशुद्ध**	**शुद्ध**
बचन	वचन	बानी	वाणी
व्याज	ब्याज	ब्यापार	व्यापार

11. ज्ञ का अशुद्ध उच्चारण : भारतीय भाषाओं में ज्ञ (ज्ञ) का उच्चारण विभिन्न रूपों जैसे ग्य, ग्यँ, द्न, ज्ञ में किया जाता है। इन विभिन्न उच्चारणों के प्रभाव से वर्तनी में ज्ञ संबंधी भूलें हो जाना कोई बड़ी बात नहीं, लेकिन यदि आप एक छात्र हैं, तो ये भूलें ही आपके अंक पर लाल कलम चलाने का काम करती हैं। उदाहरण :

अशुद्ध	**शुद्ध**	**अशुद्ध**	**शुद्ध**
अग्यात	अज्ञात	ग्यान	ज्ञान
विग्यान	विज्ञान	कृतग्न	कृतघ्न

12. श, ष, स का अशुद्ध उच्चारण : जो लोग ष (मूर्धन्य) के स्थान पर श (तालव्य) का या श, ष के स्थान पर स (दन्त्य) का या श, स के स्थान पर च, छ का उच्चारण करते हैं, वे वर्तनी में भी प्रायः ऐसी ग़लतियाँ कर बैठते हैं। उदाहरण :

अशुद्ध	**शुद्ध**	**अशुद्ध**	**शुद्ध**
आदर्ष	आदर्श	दोस	दोष
यस	यश	संतोश	संतोष
सोक	शोक	हर्श	हर्ष

13. अल्पप्राण, महाप्राण ध्वनियों का अशुद्ध उच्चारण : जिन भाषाओं में महाप्राण ध्वनियाँ बहुत कम हैं या उनकी ध्वनियों में हिन्दी की अपेक्षा महाप्राणता (उच्चारण में श्वास निकलने की अधिक मात्रा) बहुत कम है, उन भाषाओं के लोग अल्पप्राण तथा महाप्राण ध्वनियों के उच्चारण

में स्पष्ट अन्तर न कर पाने के कारण वर्तनी में ग़लतियाँ कर बैठते हैं। उदाहरण :

अशुद्ध	शुद्ध	अशुद्ध	शुद्ध
अब्यास	अभ्यास	गूमना	घूमना

14. अघोष, सघोष ध्वनियों का अशुद्ध उच्चारण : जिन क्षेत्रों में अघोष तथा सघोष ध्वनियों का उच्चारण-अन्तर शब्दगत परिवेश पर निर्भर है, उन क्षेत्रों के लोग हिन्दी-लेखन में प्रायः ऐसी भूलें करते हैं। उदाहरण :

अशुद्ध	शुद्ध	अशुद्ध	शुद्ध
कम्बन	कम्पन	समेडना	समेटना

15. उर्दू प्रभावित उच्चारण : उर्दू में अनेक शब्दों का लेखन तथा उच्चारण हिन्दी से अलग है। आरम्भ में उर्दू सीखे हुए या उर्दू वातावरण से अधिक प्रभावित लोगों के हिन्दी-उच्चारण में कमी आ जाती है, लेखन में भी वे प्रायः चली आती हैं। उदाहरणः

अशुद्ध	शुद्ध	अशुद्ध	शुद्ध
जै	जय	पोलिस	पुलिस
तु	तू	अन्नद	आनन्द

16. अंग्रेज़ी प्रभावित उच्चारण : अंग्रेजी में अनेक भारतीय शब्द (व्यक्तिगत नाम और स्थान) हिन्दी में प्रचलित उच्चारण से अलग उच्चरित होते हैं। अंग्रेज़ी उच्चारण से प्रभावित लोग लेखन में भी इस प्रकार की भूलें करते हैं। यहां ध्यान रहे कि विदेशी भाषा के प्रभाव से अपनी भाषा का मूल स्वरूप नहीं बिगाड़ना चाहिए। उदाहरणः

अशुद्ध	शुद्ध	अशुद्ध	शुद्ध
योग	योगा	अशोका	अशोक

17. संयुक्ताक्षरों का अशुद्ध उच्चारण : जो लोग या छात्र कुछ विशिष्ट

रेलवे जंक्शन
RAILWAY JUNCTION
हिन्दी हमारी राष्ट्रभाषा है इसका प्रयोग करें।

उच्चारण में कठिनाई अनुभव करते हैं, उनके लेखन में भी प्रायः अशुद्धि कर बैठते हैं। उदाहरणः

अशुद्ध	शुद्ध	अशुद्ध	शुद्ध
चिन्ह	चिह्न	ब्रम्ह	ब्रह्म

18. य, व श्रुतियुत उच्चारण : जो छात्र आ ई ए के साथ य या व श्रुति का उच्चारण करते हैं, उनके लेखन में अवांछित स्थलों पर भी य, व आ जाता है। उदाहरणः

अशुद्ध	शुद्ध	अशुद्ध	शुद्ध
आइये	आइए	चाहिये	चाहिए

19. त वर्ग तथा ट वर्ग उच्चारण अभेद : जिन लोगों के उच्चारण में त वर्गीय तथा ट वर्गीय ध्वनियों के उच्चारण में स्पष्ट भेद नहीं होता, उनके लेखन में भी इस प्रकार की ग़लतियाँ मिलती हैं। उदाहरण :

अशुद्ध	शुद्ध	अशुद्ध	शुद्ध
कताई	कटाई	तूटना	टूटना

20. ड़, ढ़, र उच्चारण अभेद : जिन भाषा-भाषियों के उच्चारण में ड़, ढ़, र के उच्चारण में भेद नहीं, उनके लेखन में भी इस प्रकार की भूलें हो जाती है। उदाहरणः

अशुद्ध	शुद्ध	अशुद्ध	शुद्ध
खरी	खड़ी	गरबर	गड़बड़

21. असावधानी एवं अतिशीघ्रता : कभी-कभी परीक्षा में या किसी अन्य परिस्थिति में अतिशीघ्रता या असावधानी से लिखते समय शुद्ध वर्तनी, वर्ण रूप जानते हुए भी छात्रों या लेखकों से भयंकर भूलें हो जाती हैं। उदाहरण –

अशुद्ध	शुद्ध	अशुद्ध	शुद्ध
सबजियां	सब्ज़ियाँ	होगें	होंगे

इकठा	इकट्ठा	उनति	उन्नति
केकड़ा	खेकड़ा	छटी	छठी
जन्डा	झन्डा	आवो	आओ

हिन्दी की गिनती

हिन्दी की गिनती दशमलव पर आधारित है।

हिन्दी अंक : - ० १ २ ३ ४ ५ ६ ७ ८ ९

हिंदी का राष्ट्रभाषा के रूप में विकास

आर्य समाज के संस्थापक दयानंद सरस्वती ने सबसे पहले पूना प्रवचन के दौरान हिंदी को राष्ट्रभाषा के रूप में स्वीकार किया था। अब प्रश्न उठता है कि राष्ट्रभाषा का अर्थ क्या है?

राष्ट्रभाषा का शाब्दिक अर्थ है समस्त राष्ट्र में प्रयुक्त भाषा अर्थात् आमजन की भाषा (जनभाषा)। जो भाषा समस्त राष्ट्र में जन-जन के विचार-विनिमय का माध्यम हो, वह राष्ट्रभाषा कहलाती है।

राष्ट्रभाषा राष्ट्रीय एकता एवं अंतर्राष्ट्रीय संवाद सम्पर्क की आवश्यकता की उपज होती है। वैसे तो सभी भाषाएँ राष्ट्र भाषाएँ होती हैं, किन्तु राष्ट्र की जनता जब स्थानीय एवं तत्कालिक हितों व पूर्वाग्रहों से ऊपर उठकर अपने राष्ट्र की कई भाषाओं में से किसी एक भाषा को चुनकर उसे राष्ट्रीय अस्मिता का एक आवश्यक उपादान समझने लगती है तो वही राष्ट्रभाषा है। स्वतंत्रता संग्राम के दौरान राष्ट्रभाषा की आवश्यकता होती है। भारत के सन्दर्भ में इस आवश्यकता की पूर्ति हिंदी ने की। यही कारण है कि हिंदी स्वतंत्रता संग्राम के दौरान राष्ट्रभाषा बनी।

राष्ट्रभाषा शब्द कोई संवैधानिक शब्द नहीं है, बल्कि यह प्रयोगात्मक, व्यावहारिक व जनमान्यता प्राप्त शब्द है। राष्ट्रभाषा सामाजिक, सांस्कृतिक

स्तर पर देश को जोड़ने का काम करती है अर्थात् राष्ट्रभाषा की प्राथमिक शर्त देश में विभिन्न समुदायों के बीच भावनात्मक एकता स्थापित करना है।

राष्ट्रभाषा का प्रयोग क्षेत्र विस्तृत और देशव्यापी होता है। राष्ट्रभाषा सारे देश की सम्पर्क भाषा होती है। इसका व्यापक जनाधार होता है। राष्ट्रभाषा हमेशा स्वभाषा ही हो सकती है, क्योंकि उसी के साथ जनता का भावनात्मक लगाव होता है। राष्ट्रभाषा का स्वरूप लचीला होता है और इसे जनता के अनुरूप किसी रूप में ढाला जा सकता है।

अंग्रेजों का योगदान : राष्ट्रभाषा सारे देश की सम्पर्क भाषा होती है। हिंदी दीर्घकाल से सारे देश में जन-जन के पारस्परिक सम्पर्क की भाषा रही है। यह केवल उत्तरी भारत की नहीं, बल्कि दक्षिण भारत के आचार्यों वल्लभाचार्य, रामानुज, रामानंद आदि ने भी इसी भाषा के माध्यम से अपने मतों का प्रचार किया था।

अहिंदी भाषी राज्यों के भक्त-संत कवियों (जैसे असम के शंकरदेव, महाराष्ट्र के ज्ञानेश्वर व नामदेव, गुजरात के नरसी मेहता, बंगाल के चौतन्य आदि) ने इसी भाषा को अपने धर्म और साहित्य का माध्यम बनाया था।

यही कारण था कि जनता और सरकार के बीच संवाद स्थापना के क्रम में फारसी या अंग्रेजी के माध्यम से दिक्कतें पेश आईं तो कम्पनी सरकार ने फोर्ट विलियम कॉलेज में हिन्दुस्तानी विभाग खोलकर अधिकारियों को हिंदी सिखाने की व्यवस्था की। यहाँ से हिंदी पढ़े हुए अधिकारियों ने भिन्न-भिन्न क्षेत्रों में उसका प्रत्यक्ष लाभ देकर मुक्त कंठ से हिंदी को सराहा।

सी. टी. मेटकाफ ने 1806 ई. में अपने शिक्षा गुरु जॉन गिल क्राइस्ट को लिखा कि भारत के जिस भाग में भी मुझे काम करना पड़ा है, कलकत्ता

से लेकर लाहौर तक, कुमाऊँ के पहाड़ों से लेकर नर्मदा नदी तक मैंने उस भाषा का आम व्यवहार देखा है, जिसकी शिक्षा आपने मुझे दी है। मैं कन्याकुमारी से लेकर कश्मीर तक या जावा से सिंधु तक इस विश्वास से यात्रा करने की हिम्मत कर सकता हूँ कि मुझे हर जगह ऐसे लोग मिल जाएँगे जो हिन्दुस्तानी बोल लेते होंगे।

टॉमस रोबक ने 1807 ई. में लिखा कि जैसे इंग्लैण्ड जाने वाले को लैटिन सेक्सन या फ्रेंच के बदले अंग्रेजी सीखनी चाहिए, वैसे ही भारत आने वाले को अरबी-फारसी या संस्कृत के बदले हिन्दुस्तानी सीखनी चाहिए।

विलियम केरी ने 1816 ई. में लिखा कि हिंदी किसी एक प्रदेश की भाषा नहीं बल्कि देश में सर्वत्र बोली जाने वाली भाषा है।

एच. टी. कोलब्रूक ने लिखा कि जिस भाषा का व्यवहार भारत के प्रत्येक प्रान्त के लोग करते हैं, जो पढ़े-लिखे तथा अनपढ़ दोनों की साधारण बोलचाल की भाषा है, जिसको प्रत्येक गाँव में थोड़े बहुत लोग अवश्य ही समझ लेते हैं, उसी का यथार्थ नाम हिंदी है। जार्ज ग्रियर्सन ने हिंदी को आम बोलचाल की महाभाषा कहा है। इन विद्वानों के मंतव्यों से स्पष्ट है कि हिंदी की व्यावहारिक उपयोगिता, देशव्यापी प्रसार एवं प्रयोगगत लचीलेपन के कारण अंग्रेजों ने हिंदी को अपनाया। उस समय हिंदी और उर्दू को एक ही भाषा माना जाता था। अंग्रेजों ने हिंदी को प्रयोग में लाकर हिंदी की महती संभावनाओं की ओर राष्ट्रीय नेताओं एवं साहित्यकारों का ध्यान खींचा।

समाज सुधारकों का योगदान : धर्म-समाज सुधार की प्रायः सभी संस्थाओं ने हिंदी के महत्त्व को भाँपा और हिंदी की हिमायत की। ब्रह्म समाज (1828 ई.) के संस्थापक राजा राममोहन राय ने कहा था कि इस समग्र देश की एकता के लिए हिंदी अनिवार्य है। ब्रह्मसमाजी केशव चंद्र सेन ने 1875 ई. में एक लेख लिखा, भारतीय एकता कैसे हो, जिसमें उन्होंने

लिखा कि उपाय है सारे भारत में एक ही भाषा का व्यवहार। अभी जितनी भाषाएँ भारत में प्रचलित हैं, उनमें हिंदी भाषा लगभग सभी जगह प्रचलित है।

यह हिंदी अगर भारतवर्ष की एकमात्र भाषा बन जाए तो यह काम सहज ही और शीघ्र ही सम्पन्न हो सकता है। एक अन्य ब्रह्मसमाजी नवीन चंद्र राय ने पंजाब में हिंदी के विकास के लिए स्तुत्य योगदान दिया।

आर्य समाज (1875 ई.) के संस्थापक स्वामी दयानंद सरस्वती गुजराती भाषी थे एवं गुजराती व संस्कृत के अच्छे जानकार थे। हिंदी का उन्हें सिर्फ कामचलाऊ ज्ञान था, पर अपनी बात अधिक-से-अधिक लोगों तक पहुँचाने के लिए तथा देश की एकता को मजबूत करने के लिए उन्होंने अपना सारा धार्मिक साहित्य हिंदी में ही लिखा। उनका कहना था कि हिंदी के द्वारा सारे भारत को एक सूत्र में पिरोया जा सकता है। वे इस आर्यभाषा को सर्वात्मना देशोन्नति का मुख्य आधार मानते थे। उन्होंने हिंदी के प्रयोग को राष्ट्रीय स्वरूप प्रदान किया। वे कहते थे, मेरी आँखें उस दिन को देखना चाहती हैं, जब कश्मीर से कन्याकुमारी तक सब भारतीय एक भाषा समझने और बोलने लग जाएँगे। बाद में आर्य समाजी नेता और समाज सुधारक स्वामी श्रद्धानंद और लाला लाजपत राय ने हिंदी को लोकप्रिय बनाया और अनेक शिक्षण संस्थानों की स्थापना करके उनमें पढ़ाई का माध्यम हिंदी ही रखा।

अरविन्द दर्शन के प्रणेता अरविन्द घोष की सलाह थी कि लोग अपनी-अपनी मातृभाषा की रक्षा करते हुए सामान्य भाषा के रूप में हिंदी को ग्रहण करें।

थियोसोफिकल सोसाइटी (1875 ई.) की संचालिका एनी बेसेंट ने कहा था कि भारतवर्ष के भिन्न-भिन्न भागों में जो अनेक देशी भाषाएँ बोली जाती हैं, उनमें एक भाषा ऐसी है जिसमें शेष सब भाषाओं की अपेक्षा

एक भारी विशेषता है, वह यह कि उसका प्रचार सबसे अधिक है। वह भाषा हिंदी है। हिंदी जानने वाला आदमी सम्पूर्ण भारतवर्ष में यात्रा कर सकता है और उसे हर जगह हिंदी बोलने वाले मिल सकते हैं। भारत के सभी स्कूलों में हिंदी की शिक्षा अनिवार्य होनी चाहिए।

उपर्युक्त धार्मिक/सामाजिक संस्थाओं के अतिरिक्त प्रार्थना समाज, सनातन धर्म सभा, रामकृष्ण मिशन, आदि ने हिंदी के प्रचार में योग दिया। इससे लगता है कि धर्म/समाज सुधारकों की यह सोच बन चुकी थी कि राष्ट्रीय स्तर पर संवाद स्थापित करने के लिए हिंदी आवश्यक है। वे जानते थे कि हिंदी बहुसंख्यक जन की भाषा है, एक प्रान्त के लोग दूसरे प्रान्त के लोगों से सिर्फ इस भाषा में ही विचारों का आदान-प्रदान कर सकते हैं। भावी राष्ट्रभाषा के रूप में हिंदी को बढ़ाने का कार्य इन्हीं समाज सुधारकों ने किया।

कांग्रेस के नेताओं का योगदान : 1885 ई. में कांग्रेस की स्थापना हुई। जैसे-जैसे कांग्रेस का राष्ट्रीय आंदोलन जोर पकड़ता गया, वैसे-वैसे राष्ट्रीयता, राष्ट्रीय झण्डा एवं राष्ट्रभाषा के प्रति आग्रह बढ़ता ही गया।

1917 ई. में लोकमान्य बाल गंगाधर तिलक ने कहा कि यद्यपि मैं उन लोगों में से हूँ, जो चाहते हैं और जिनका विचार है कि हिंदी ही भारत की राष्ट्रभाषा हो सकती है। तिलक ने भारतवासियों से आग्रह किया कि वे हिंदी सीखें।

महात्मा गाँधी राष्ट्र के लिए राष्ट्रभाषा को नितांत आवश्यक मानते थे। उनका कहना था कि राष्ट्रभाषा के बिना राष्ट्र गूंगा है। गाँधीजी हिंदी के प्रश्न को स्वराज का प्रश्न मानते थे कि हिंदी का प्रश्न स्वराज्य का प्रश्न है। उन्होंने हिंदी को राष्ट्रभाषा के रूप में सामने रखकर भाषा-समस्या पर गम्भीरता से विचार किया।

हिन्दी भाषा

1917 ई. में भड़ौंच में आयोजित गुजरात शिक्षा परिषद के अधिवेशन में सभापति पद से भाषण देते हुए गाँधीजी ने कहा कि

राष्ट्रभाषा के लिए 5 लक्षण या शर्तें होनी चाहिए :

1. अमलदारों के लिए वह भाषा सरल होनी चाहिए।
2. यह जरूरी है कि भारतवर्ष के बहुत से लोग उस भाषा को बोलते हों।
3. उस भाषा के द्वारा भारतवर्ष का अपनी धार्मिक, आर्थिक और राजनीतिक व्यवहार होना चाहिए।
4. राष्ट्र के लिए वह भाषा आसान होनी चाहिए।
5. उस भाषा का विचार करते समय किसी क्षणिक या अल्पस्थायी स्थिति पर जोर नहीं देना चाहिए।

वर्ष 1918 ई. में हिंदी साहित्य सम्मेलन के इन्दौर अधिवेशन में सभापति पद से भाषण देते हुए गाँधी जी ने राष्ट्रभाषा हिंदी का समर्थन किया कि मेरा यह मत है कि हिंदी ही हिन्दुस्तान की राष्ट्रभाषा हो सकती है और होनी चाहिए।

इसी अधिवेशन में यह प्रस्ताव पारित किया गया कि प्रतिवर्ष 6 दक्षिण भारतीय युवक हिंदी सीखने के लिए प्रयाग भेजें जाएँ और 6 उत्तर भारतीय युवक को दक्षिण भाषाएँ सीखने तथा हिंदी का प्रसार करने के लिए दक्षिण भारत में भेजा जाए। इन्दौर सम्मेलन के बाद उन्होंने हिंदी के कार्य को राष्ट्रीय व्रत बना दिया। दक्षिण में प्रथम हिंदी प्रचारक के रूप में गाँधीजी ने अपने सबसे छोटे पुत्र देवदास गाँधी को दक्षिण में चेन्नई भेजा। गाँधीजी की प्रेरणा से मद्रास (1927 ई.) एवं वर्धा (1936 ई.) में राष्ट्रभाषा प्रचार सभाएँ स्थापित की गईं। उन्होंने हिंदी के प्रचार-प्रसार के लिए महान कार्य किया था।

वर्ष 1925 ई. में कांग्रेस के कानपुर अधिवेशन में गाँधीजी की प्रेरणा से यह प्रस्ताव पारित हुआ कि कांग्रेस का, कांग्रेस की महासमिति का और कार्यकारिणी समिति का काम-काज आमतौर पर हिंदी में चलाया जाएगा। इस प्रस्ताव में हिंदी-आंदोलन को बड़ा बल मिला।

वर्ष 1927 ई. में गाँधीजी ने लिखा कि वास्तव में ये अंग्रेजी में बोलने वाले नेता हैं, जो आम जनता में हमारा काम जल्दी आगे बढ़ने नहीं देते। वे हिंदी सीखने से इंकार करते हैं, जबकि हिंदी द्रविड़ प्रदेश में भी तीन महीने के अन्दर सीखी जा सकती है।

वर्ष 1927 ई. में सी. राजगोपालाचारी ने दक्षिण वालों को हिंदी सीखने की सलाह दी और कहा कि हिंदी भारत की राष्ट्रभाषा तो है ही, यही जनतंत्रात्मक भारत में राजभाषा भी होगी।

वर्ष 1928 ई. में प्रस्तुत नेहरु रिपोर्ट में भाषा सम्बन्धी सिफारिश में कहा गया था कि देवनागरी अथवा फारसी में लिखी जाने वाली हिन्दुस्तानी भारत की राष्ट्रभाषा होगी, परन्तु कुछ समय के लिए अंग्रेजी का उपयोग जारी रहेगा। सिवाय देवनागरी या फारसी की जगह देवनागरी तथा हिन्दुस्तानी की जगह हिंदी रख देने के अंततः स्वतंत्र भारत के संविधान में इसी मत को अपना लिया गया।

वर्ष 1929 ई. में सुभाषचंद्र बोस ने कहा कि प्रान्तीय ईर्ष्या-द्वेष को दूर करने में जितनी सहायता इस हिंदी प्रचार से मिलेगी, उतनी दूसरी किसी चीज से नहीं मिल सकती। अपनी प्रान्तीय भाषाओं की भरपूर उन्नति कीजिए, उसमें कोई बाधा नहीं डालना चाहता और न हम किसी की बाधा को सहन ही कर सकते हैं। पर सारे प्रान्तों की सार्वजनिक भाषा का पद हिंदी या हिन्दुस्तानी को ही मिला है।

वर्ष 1931 ई. में गाँधीजी ने लिखा कि यदि स्वराज्य अंग्रेज़ी-पढ़े भारतवासियों का है और केवल उनके लिए है तो सम्पर्क भाषा अवश्य

अंग्रेजी होगी। यदि वह करोड़ों भूखे लोगों, करोड़ों निरक्षर लोगों, निरक्षर स्त्रियों, सताए हुए अछूतों के लिए है तो सम्पर्क भाषा केवल हिंदी हो सकती है। गाँधीजी जनता की बात जनता की भाषा में करने के पक्षधर थे।

वर्ष 1936 ई. में गाँधीजी ने कहा कि अगर हिन्दुस्तान को सचमुच आगे बढ़ना है तो चाहे कोई माने या न माने राष्ट्रभाषा तो हिंदी ही बन सकती है, क्योंकि जो स्थान हिंदी को प्राप्त है, वह किसी और भाषा को नहीं मिल सकता है।

वर्ष 1937 ई. में देश के कुछ राज्यों में कांग्रेस मंत्रिमंडल गठित हुआ। इन राज्यों में हिंदी की पढ़ाई को प्रोत्साहित करने का संकल्प लिया गया।

जैसे-जैसे स्वतंत्रता संग्राम तीव्रतम होता गया वैसे-वैसे हिंदी को राष्ट्रभाषा बनाने का आंदोलन जोर पकड़ता गया। 20वीं सदी के चौथे दशक तक हिंदी राष्ट्रभाषा के रूप में आम सहमति प्राप्त कर चुकी थी। वर्ष 1942 से 1945 का समय ऐसा था जब देश में स्वतंत्रता की लहर सबसे अधिक तीव्र थी, तब राष्ट्रभाषा से ओत-प्रोत जितनी रचनाएँ हिंदी में लिखी गईं उतनी शायद किसी और भाषा में इतने व्यापक रूप से कभी नहीं लिखी गई।

राष्ट्रभाषा प्रचार के साथ राष्ट्रीयता के प्रबल हो जाने पर अंग्रेजों को भारत छोड़ना पड़ा।

राष्ट्रभाषा आंदोलन से सम्बन्धित साहित्यिक संस्थाएँ

नाम	**मुख्यालय**	**स्थापना**
नागरी प्रचारिणी सभा	वाराणसी	1893 ई
हिंदी साहित्य सम्मेलन	प्रयाग	1910 ई
गुजरात विद्यापीठ	अहमदाबाद	1920 ई.

हिन्दुस्तानी एकेडेमी	इलाहाबाद	1927 ई.
दक्षिण भारत हिंदी प्रचार सभा	चेन्नई	1927 ई.
हिंदी विद्यापीठ	देवघर	1929 ई.
राष्ट्रभाषा प्रचार समिति	वर्धा	1936 ई.
महाराष्ट्र राष्ट्रभाषा सभा	पुणे	1937 ई.
बंबई हिंदी विद्यापीठ	बंबई	1938 ई.
असम राष्ट्रभाषा प्रचार समिति	गुवाहाटी	1938 ई.
बिहार राष्ट्रभाषा परिषद	पटना	1951 ई.
अखिल भारतीय हिंदी संस्था संघ	पटना	1964 ई.
नागरी लिपि परिषद	नई दिल्ली	1975 ई.

राजभाषा के रूप में हिंदी

राजभाषा का शाब्दिक अर्थ है राजकाज की भाषा। जो भाषा देश के राजकीय कार्यों के लिए प्रयुक्त होती है, वह राजभाषा कहलाती है राजाओं-नवाबों के जमाने में इसे दरबारी भाषा कहा जाता था। राजभाषा सरकारी काम-काज चलाने की आवश्यकता की उपज होती है। स्वशासन आने के पश्चात् राजभाषा की आवश्यकता होती है। प्रायः राष्ट्रभाषा ही स्वशासन आने के पश्चात् राजभाषा बन जाती है। भारत में भी राष्ट्रभाषा हिंदी को राजभाषा का दर्जा प्राप्त हुआ।

राजभाषा एक संवैधानिक शब्द है। हिंदी को 14 सितंबर 1949 ई. को संवैधानिक रूप से राजभाषा घोषित किया गया। इसीलिए प्रत्येक वर्ष 14 सितंबर को हिंदी दिवस के रूप में मनाया जाता है।

राजभाषा देश को अपने प्रशासनिक लक्ष्यों के द्वारा राजनीतिक-आर्थिक इकाई में जोड़ने का काम करती है। अर्थात् राजभाषा की प्राथमिक शर्त राजनीतिक प्रशासनिक एकता कायम करना है।

राजभाषा का प्रयोग क्षेत्र सीमित होता है, यथा वर्तमान समय में भारत सरकार के कार्यालयों एवं कुछ राज्यों हिंदी क्षेत्र के राज्यों में राज-काज हिंदी में होता है। अन्य राज्य सरकारें अपनी-अपनी भाषा में कार्य करती हैं, हिंदी में नहीं, महाराष्ट्र मराठी में, पंजाब पंजाबी में, गुजरात गुजराती में आदि।

राजभाषा कोई भी भाषा हो सकती है, स्वभाषा या परभाषा। जैसे, मुगल शासक अकबर के समय से लेकर मैकाले के काल तक फारसी राजभाषा तथा मैकाले के काल से लेकर स्वतंत्रता प्राप्ति तक अंग्रेजी राजभाषा थी जो कि विदेशी भाषा थी। जबकि स्वतंत्रता प्राप्ति के बाद हिंदी को राजभाषा का दर्जा दिया गया जो कि स्वभाषा है।

राजभाषा का एक निश्चित मानक स्वरूप होता है, जिसके साथ छेड़छाड़ या प्रयोग नहीं किया जा सकता।

आठवीं अनुसूची

आठवीं अनुसूची में संविधान द्वारा मान्यता प्राप्त 22 प्रादेशिक भाषाओं का उल्लेख है। इस अनुसूची में आरम्भ में 14 भाषाएँ (असमिया, बांग्ला, गुजराती, हिंदी, कन्नड़, कश्मीरी, मलयालम, मराठी, उड़िया, पंजाबी, संस्कृत, तमिल, तेलुगु, उर्दू) थीं। बाद में सिंधी को तत्पश्चात् कोंकणी, मणिपुरी, नेपाली को शामिल किया गया, जिससे इसकी संख्या 18 हो गई। तदुपरान्त बोडो, डोगरी, मैथिली, संथाली को शामिल किया गया और इस प्रकार इस अनुसूची में 22 भाषाएँ हो गईं।

हिंदी सुधारने के लिए अंग्रेजी शब्दों की छूट

13 अक्टूबर, 2011 गुरुवार को एक समाचार ने हिंदी प्रेमियों को चौंका दिया था। उसके अनुसार, आजादी के 64 साल बाद भी सरकार हिंदी

को राजभाषा से राष्ट्रभाषा नहीं बना पाई है, मगर अब उसने सरकारी दफ्तरों में इस्तेमाल होने वाली हिंदी को बदलने के प्रयास अवश्य तेज कर दिए हैं।

दफ्तरों में इस्तेमाल होने वाले हिंदी के कठिन शब्दों की जगह उर्दू, फारसी, सामान्य हिंदी और अंग्रेजी के शब्दों का उपयोग करने के निर्देश दिए हैं। गृह मंत्रालय के राजभाषा विभाग की सचिव वीणा उपाध्याय ने इस सिलसिले में सभी मंत्रालयों और विभागों को दिशा-निर्देश जारी किए हैं। निर्देशों के मुताबिक, कामकाज के दौरान साहित्यिक हिंदी का उपयोग नहीं किया जाना चाहिए। किसी भी शब्द का हिंदी में उपयोग बतौर अनुवाद न हो। इससे आम लोगों को समस्या होती है। एक हद के बाद यही समस्या किसी भी व्यक्ति को मानसिक तौर पर भाषा के खिलाफ खड़ा करती है। गृह मंत्रालय के राजभाषा विभाग की सचिव वीणा उपाध्याय ने सभी मंत्रालयों और विभागों को जारी किए दिशा-निर्देश मंत्रालय के इस आदेश के बाद पुलिस, कोर्ट, ब्यूरो, रेलवे स्टेशन, बटन, कोट, पैंट, सिग्नल, लिफ्ट, फीस, कानून, अदालत, मुकदमा, दफ्तर, एफआईआर जैसे अंग्रेजी, फारसी और तुर्की भाषा के शब्दों का चलन जारी रहेगा। लेकिन यह अच्छी बात है कि 2014 में नरेन्द्र मोदी सरकार ने हिन्दी को प्रोत्साहन देने की नीति का अनुकरण किया।

हिंदी के लिए पावन उद्गार

हिंदी के लिए महापुरुष कथन

हिंदी किसी के मिटाने से मिट नहीं सकती।

चन्द्रबली पाण्डेय

है भव्य भारत ही हमारी मातृभूमि हरी भरी।
हिंदी हमारी राष्ट्रभाषा और लिपि है नागरी।

मैथिलीशरण गुप्त

जिस भाषा में तुलसीदास जैसे कवि ने कविता की हो वह अवश्य ही पवित्र है और उसके सामने कोई भाषा नहीं ठहर सकती।

महात्मा गाँधी

हिंदी भारतवर्ष के हृदय-देश स्थित करोड़ों नर-नारियों के हृदय और मस्तिष्क को खुराक देने वाली भाषा है।

हजारी प्रसाद द्विवेदी

हिंदी को गंगा नहीं बल्कि समुद्र बनना होगा।

विनोबा भावे

हिंदी के विरोध का कोई भी आन्दोलन राष्ट्र की प्रगति में बाधक है।

सुभाष चन्द्र बोस

हिंदी को संस्कृत से विच्छिन्न करके देखने वाले उसकी अधिकांश महिमा से अपरिचित हैं।

हजारी प्रसाद द्विवेदी

हिंदी भाषा की सहायता से भारतवर्ष के विभिन्न प्रदेशों के मध्य में जो ऐक्यबंधन संस्थापन करने में समर्थ होंगे, वही सच्चे भारतबंधु पुकारे जाने योग्य हैं।

राजा राममोहन राय

अगर आज हिंदी भाषा मान ली गई है, तो वह इसलिए नहीं कि वह किसी प्रान्त विशेष की भाषा है, बल्कि इसलिए कि वह अपनी सरलता, व्यापकता तथा क्षमता के कारण सारे देश की भाषा हो सकती है।

सुभाषचंद्र बोस

यदि हम प्रत्येक भारतीय के नैसर्गिक अधिकारों के सिद्धांत को स्वीकार करते हैं, तो हमें राष्ट्रभाषा के रूप में इस भाषा को स्वीकार करना चाहिए जो देश के सबसे बड़े भू-भाग में बोली जाती है और जिसे स्वीकार करने की सिफारिश महात्मा गाँधीजी ने हम लोगों से की है।

रवीन्द्रनाथ टैगोर

हिंदी को राष्ट्रभाषा बनाना नहीं है, वह तो है ही।

कन्हैयालाल माणिकलाल मुंशी

हिंदी को राष्ट्रभाषा बनाने हेतु जो अनुष्ठान हुए हैं, उनको मैं संस्कृति का राजसूय यज्ञ समझता हूँ।

आचार्य क्षितिज मोहन सेन

हिंदी आंदोलन उत्तर भारत में केवल एक सर्वमान्य लिपि के प्रचार के लिए नहीं है। यह तो उस आंदोलन का एक अंग है, जिसे मैं एक राष्ट्रीय आंदोलन कहूँगा और जिसका उद्देश्य समस्त भारतवर्ष के लिए एक राष्ट्रीय भाषा की स्थापना करना है, क्योंकि सबके लिए समान भाषा राष्ट्रीयता का महत्त्वपूर्ण अंग है। अतएव यदि आप किसी राष्ट्र के लोगों को एक-दूसरे के निकट लाना चाहें तो सबके लिए समान भाषा से बढ़कर सशक्त अन्य कोई बल नहीं है।

बाल गंगाधर तिलक

हिन्दुस्तान की सभी जीवित और प्रचलित भाषाओं में मुझे हिंदी ही राष्ट्रभाषा बनने के लिए सबसे अधिक योग्य दिखाई पड़ती है।

सी. राजगोपालाचारी

देश के विभिन्न भागों के निवासियों के व्यवहार के लिए सर्वसुगम और व्यापक तथा एकता स्थापित करने के साधन के रूप में हिंदी का ज्ञान आवश्यक है।

सी. पी. रामास्वामी अय्यर

हिंदी ही उत्तर और दक्षिण को जोड़ने वाली समर्थ भाषा है।

अनन्त शयनम आयगर

जो राष्ट्रप्रेमी है, उसे राष्ट्रभाषा प्रेमी होना चाहिए।

रंगनाथ रामचंद्र दिवाकर

करोड़ों लोगों को अंग्रेजी की शिक्षा देना उन्हें गुलामी में डालने जैसा है। मैकाले ने शिक्षा की जो बुनियाद डाली, वह सचमुच गुलामी की बुनियाद थी।

महात्मा गाँधी

दक्षिण की भाषाओं ने संस्कृत से बहुत कुछ लेन-देन किया है, इसलिए उसी परम्परा में आई हुई हिंदी बड़ी सरलता से राष्ट्रभाषा होने के लायक है।

एस. निजलिंगप्पा

हिंदी से ही सारी दुनिया में भारत का गौरव बढ़ सकता है।

नरेन्द्र मोदी

•••

प्रश्नोत्तरी

1. हिंदी को सबसे पहले राष्ट्रभाषा किसने कहा?

    (अ) राम ने (ब) स्वामी दयानंद सरस्वती ने

    (स) श्याम ने (द) भीम ने

2. हिंदी किस भाषा से जन्मी है?

    (अ) संस्कृत से (ब) उर्दू से

    (स) पिंगल से (द) अरबी से

3. 19वीं सदी में कविता की भाषा क्या थी?

    (अ) ब्रज (ब) मैथिली

    (स) संस्कृत (द) उर्दू

4. सरस्वती का संपादन कौन करते हैं?

    (अ) गुरुदत्त (ब) मुखर्जी

    (स) महावीर प्रसाद द्विवेदी (द) नरेंद्र कोहली

5. इनमें से कौन कवि नहीं हैं?

    (अ) गुरुदत्त (ब) निराला

    (स) बच्चन (द) पंत

6. अनुनासिक स्वर का चिह्न क्या कहलाता है?

(अ) चन्द्रबिंदु (ब) बिंदी

(स) स्वर (द) अक्षर

7. कांग्रेस की स्थापना कब हुई थी?

(अ) 1885 में (ब) 1940 में

(स) 1948 में (द) 1947 में

8. कांग्रेस के किस अधिवेशन में हिंदी की वकालत की गई?

(अ) 1925 कानपुर (ब) 1926 इलाहाबाद

(स) 1928 दिल्ली (द) 1927 प्रयाग

9. दक्षिण वालों को हिंदी सीखने की सलाह किसने दी?

(अ) नटवर सिंह (ब) नरेंद्र मोदी

(स) अटल बिहारी (द) राजगोपालचारी

10. नागरी प्रचारिणी सभा का मुख्यालय कहाँ है?

(अ) वाराणसी (ब) इलाहाबाद

(स) कानपुर (द) दिल्ली

उत्तर

1. ब 2. अ 3. अ 4. स 5. अ 6. अ 7. अ 8. अ 9. द 10. अ